丹麥之戀

▶ 池元蓮／著

奧維不但在外表、風度、言行談吐各方面是位紳士，他的整個性格是紳士風範，是我最欣賞他的地方。（2000年攝於哥本哈根長堤家）

我們的羅曼史始於海、終於海。四十年的中西婚姻是一個美好的花園，但最後被稀奇恐怖的病魔連根拔起地毀滅。

（左：攝於1970年初婚時，我們開始在丹麥耕耘我們的婚姻花園）

（右：攝於2006年，與健康的奧維最後一張合照）

右：當我們很年輕的時候，命運彷彿在冥冥中引領奧維和我從不同的地方向義大利的熱那亞港奔去，讓我們在海上邂逅。（1964年攝於義大利郵輪Asia上）
左：我的公公和婆婆從我一踏足丹麥的那一天開始，便向我張開愛護和保護的雙臂，對奧維與我的婚姻有很大的幫助。（左起作者、奧維、婆婆嘉士麥太太、公公嘉士麥先生）

1969年的一個寒冬日，我從美國來到冰天雪地的丹麥，與奧維在聳立冰海旁的埃爾西諾城古堡（莎士比亞筆下《哈姆雷特》戲劇發生地）教堂裡結為夫妻，成為第一個在丹麥本土與丹麥人結婚的華人女子。

右：我的父親池正醫生留學德、奧八年，1928年得維也納大學醫學博士學位，是二十世紀上半葉廣州最有名的西醫之一；我的母親羅氏來自一個傳統的中國古老家庭，其父是晚清朝廷大臣。（1971年返港探親，與父母親攝於九龍彌敦酒店）

左：我的父親池正醫生是對我最有影響力的人。從我年紀很小的時候，他便向我灌輸中、西文化，培養我將來成為一個有學識的女人。我要做什麼，他在後頭鼓勵和支持；我做什麼，他在旁邊引導和維護；可是，我怎樣走我的人生路子，是我自己的選擇。

童年時便有做飛鳥的願望，希望將來飛到廣大的世界外面去，飛得高高的、遠遠的。今天回顧前塵，童年做飛鳥的願望成真了。

1972年，父親來丹麥探訪姻親，我公公親自下廚做菜款待。父親說，那頓丹麥家庭餐讓他回憶起以前在德、奧留學時代的快樂時光。（左起婆婆嘉士麥太太、父親池正醫生、作者、公公嘉士麥先生）

1998年與八十七歲的母親攝於我們哥本哈根家裡。母親當年不贊成我與外國人結婚，但與奧維相處過之後，對洋女婿讚賞不已，還對我說：「妳的命好，嫁了個孝順的丈夫！」

我們最喜歡的度假方式是駕著敞篷車，沿著風景優美的歐洲鄉村公路逍遙遊，白天享受田園風景、湖光山色、追尋歷史的影子，晚上歇宿別有風味的鄉村旅店，吃一頓旅店主人親手做的地方菜餚。（攝於2001年）

最愛自由的奧維說，駕敞篷車漫遊歐洲給予他莫大的自由感。（2003年攝於奧地利一間鄉村旅店前）

奧維與他的異國知己，前任台灣駐哥本哈根代表陳毓駒先生。（1998年攝於哥本哈根）

我們深愛動物，視我們的愛貓為至寶，牠長得肥壯如一頭小獅子，聰明懂人意，小嘴巴能發出不同的聲音來表達各種不同的情緒。

與丹麥鄰居攝於我們哥本哈根住家。（2001年）

我的祖父池耀廷醫生出生於清朝末年，是中國第一代的西醫。他本著救人濟貧的醫德，在廣州自行製造西藥（以池耀廷發冷丸最出名）、赴東北撲滅大鼠疫、開設難民營……，為社會和同胞做出許多貢獻。（1957年攝於香港，時年八十八歲）

博濟醫院院長嘉約翰醫生乃於一千八百九
十一年回美國休養教員學生歡送留影紀念
池耀廷
黃秀山
嘉約翰
何日華
高約翰

清朝光緒年間，美國教會在廣州開辦了「博濟醫院」，兼辦「博濟醫學堂」，為中國第一間西醫學校。池耀廷1894年畢業於此校，與孫中山是先後同學。該時校長為美國人嘉約翰醫生。（博濟醫學堂師生1891年合照，站立者左起第四人為池耀廷，前排中間坐者是嘉約翰醫生）

祖父池耀廷雖為西醫，卻終生穿中國長袍。1911年孫中山返回廣州，祖父穿上西式大禮服，與他的先後同學孫中山拍照留念。（第二排左起第二人為池耀廷）

目次

海上的邂逅 003
奧維的家鄉 009
奧維這個人 017
最早西化的中國家庭 023
對我最有影響力的人 035
做飛鳥的願望 043
中西文化結合 057
反映婚姻的搬家史 063
家住灰色兄弟廣場 069
西班牙月夜的啟示 077
聖喬治湖畔的融入與回歸 087
與美人魚做鄰居 097
為了旅遊南遷 107
病魔悄悄來了 113
等待 119
丹麥的醫療制度 125

第六感的警告 131
最後的審判 137
對死亡的看法 145
安樂死在丹麥不合法 153
非搬家不可 159
雪中送炭的新居 167
最後一次搬家 173
家裡變成一間醫院 181
在順境、在逆境 193
成功的婚姻是個花園 201
冤魂附身 207
向信仰治療師求助 215
信仰治療師培訓學校 221
不人道的痛苦 227
半夜的電話鈴聲 235
遺憾與安慰 241
最後的願望 247
誰把我推下樓梯？ 255
他真的回來看我 261
等待、等待、再等待 267
隨海而去 275
後記 281

海上的邂逅

我曾有過一個很好的丹麥丈夫。他的名字叫做奧維・嘉士麥（Ove Karlsmark）。因為他，我才會來到北歐丹麥這個被海洋環繞著的小國，一個國泰民安的國度，一個富有童話色彩的地方，也就是美人魚與安徒生的故鄉。奧維與我在這片有點像遠離世界的土地上悉心地耕耘出一個美好的中西婚姻花園。一眨眼，四十年的光陰過去了。

但，在婚姻的最後幾年，我們的花園被連根拔起地毀滅了。毀滅這個花園的是世界上最稀奇、最殘忍、最恐怖的病魔。全世界的醫生都不知道此病從哪裡來，也不知道怎樣去醫治它。

猙獰的病魔像北歐海洋的大漩渦那樣把奧維捲入病痛的旋流，我也跟著投入漩渦，想方設法要把他拉回來。可是，在漩渦裡，我們僅是兩顆渺小的豆子，被猛烈無比的旋流帶著往下轉，翻翻滾滾地落到漩渦的漆黑深底，然後又被旋流翻翻滾滾地往上旋轉回去。當漩渦把我們拋擲回陸地的時候，奧維失去了生命，我卻摔了一跤終於倖免於難。

在漩渦的深底，我面對面地見到命運。我以前拒絕承認它的存在；現在我從死亡裡回來，不但承認它的存在，而且完全接納它的取與給。當年，命運讓奧維與我在海上的一艘義大利郵輪上邂逅，多年後又讓我們在海上道永別。奧維與我的異族婚姻是一個命運的故事。命運要我做生還者，猜想是要我把這故事寫出來。

這個命運的故事是從海開始的。

一九六四年，奧維和我只不過二十出頭。那年夏天，命運彷彿在冥冥中引領著他和我，從不同的地方向義大利奔去，讓我們在那裡相遇。那時，奧維剛完成了他在哥本哈根大學的企業管理學業，從哥本哈根坐火車南下，準備到義大利的熱那亞（Genova）乘郵輪到印度去度假；她的姐姐嫁了一個經營咖啡種植園的印度人，住在印度南部。我自己則剛結束了在德國慕尼黑的留學生涯，從慕尼黑乘火車到熱那亞，將搭乘郵輪回香港與我的父母親重聚。

一九六〇年代是義大利遠洋郵輪的黃金時代。當年的義大利郵輪公司 Lloyd Triestino 擁有七艘華貴的郵輪，分別航行到澳洲、美洲和亞洲。定期往返於歐洲和亞洲之間的有兩艘：「亞洲（Asia）」和「維多利亞（Victoria）」。郵輪從位於義大利北部的熱那亞港開航，經那不勒斯（Napoli）、埃及、葉門、巴基斯坦、印度、新加坡，以香港為終點站，全程為時一個月。

那年，奧維和我乘坐的是「亞洲」郵輪。

「亞洲」並不是一個龐然大物。她身長五百二十英尺，體重十一．六九三噸，線條優美，全身雪白，可載客五百人。在汪洋大海上，她好像一條輕盈的美人魚，飄逸地破浪前進。那個時代的義大利遠洋郵輪具有一種悠閒的羅曼蒂克氣氛；而今日載客數千、娛樂設備過剩的豪華大郵輪上，這種氣氛已不再存在。

開船後的第二天，郵輪到達義大利南部的那不勒斯港，船客們紛紛下船到岸上去參觀那曾被維蘇威火山灰埋沒了千多年的龐貝（Pompeii）古城遺跡。我一登上遊覽車，立刻在車門旁的第一排椅子上坐下來，拐頭一看，旁邊的位子坐著一個年輕男士，正向我微笑著。我對他的第一個印象：「這個男的很斯文，衣服穿得講究。」這位男士就是奧維。

在遊覽車上，我們很自然地交談起來。事後，奧維告訴我，當船在熱那亞開航的時候，他在甲板上故意站到我的後面，很想跟我說話，但我沒注意到他。看到我上遊覽車的那一剎那，他的心怦怦地跳著：「希望她會坐到我的身旁！」

在龐貝古城遺跡中，那些被熔岩千古化了的人依然做著他們在公元七九年、維蘇威火山爆發時那一刻的事情。賣紀念品的義大利店主鼓其如簧之舌，向遊客們大肆吹噓，他賣的香水是當年古羅馬女人遺留下來的。奧維竟然買了一瓶送我作為禮物。我對香水敏感，從不用香水，但我的少女心仍被感動：「這個男的有紳士作風！」

當時，經濟船艙裡乘客有一百餘人，除了一個印尼女學生、一個印度婦人及我三個東方女子以外，其他均是歐洲人。我們三個東方女乘客同宿一個艙室。印尼女學生安靜不愛動，印度女人沉默寡言，她們兩人似乎大部分時間都待在艙室內，我則是早晨一起床便往外跑。頭等艙那邊大都是上了年紀的，或是拖兒帶女的乘客；我們這邊則清一色是年輕人，晚上舞會充滿生氣，大家盡情玩樂，但絕不胡吵亂鬧；加上義大利人善於製造氣氛，兼有船長、大副、二副和三副在場指揮，羅曼蒂克的情調更加濃厚，令人陶醉。故此，遠洋郵輪成了製造船上羅曼史的最佳地方。

郵輪開航不久，船上羅曼史便開始花蕾綻放，一對、一對的戀人甜蜜地出現。奧維和我是一對；老成持重的加拿大飛機師和澳洲女郎是另一對、荷蘭外交官和英國女畫家又是一對；還有船上英俊的三副和一位德國金髮貴婦也成一對，船長還告訴我們，曾有一位富孀為了這個義大利美男子往返乘搭「亞洲」一連九次之多。

優雅輕盈的「亞洲」郵輪帶著我們越洋過海，我們的過去隨著後面的陸地消失了，我們的將來尚未在地平線上出現。在這段沒有過去、將來也不存在的日子裡，我們活在一個如夢境般的真空裡，遠離日常生活的麻煩瑣碎事。每天所要做的是：享受目前的這一刻。一天三餐美食有熱情的義大利男侍在餐桌旁招呼。日間，大家在甲板上做各自喜歡的娛樂或運動；奧維喜歡射擊，擊下飛在空中的圓環，我在旁鼓掌；我喜歡在露天游泳池游泳和跳水，奧維坐在池旁欣賞。我們看著一群又一群的飛魚在天邊出沒，一下子躍出海面，一下子鑽進海裡，喜孜孜地伴我們航行一程。晚上，我們躺在甲板上仰望廣闊無邊的蒼穹，千千萬萬的繁星向我們眨眼。人快樂的時候，眼中見到的盡是美麗。

郵輪每到一站，停泊碼頭，我們便上岸享受異域風味。

到了埃及的塞得港（Port Said），船客可以留在船上看郵輪慢慢駛過狹窄的蘇伊士運河，也可上岸去看金字塔和開羅城，兩天後再返回郵輪。奧維和我選擇上岸遊覽；我毫不遲疑地爬上駱駝的背上，居高臨下、搖搖蕩蕩地走向金字塔，保守的奧維選擇騎馬，穩穩當當地跟在後面。

到了葉門的亞丁港（Aden），因港口工人鬧罷工，船在港口逗留了兩天。奧維和我反而高興，多出了兩天相處的時間。再下一站是巴基斯坦的卡拉奇（Karachi）港，到達已是入夜時分，剛下過雨，我們兩人租了一部敞篷馬車，在濕漉漉的夜間街道上繞城一周，別有一番旖旎情調。

兩個星期之後，船停孟買港（Bombay），是奧維和我分手的地方。他的姐夫已經在那裡等著接人。那次分別，我們沒有灑眼淚，只道再見，答應互通音信。「亞洲」郵輪再度朝大海駛去，站在岸上不斷揮手的奧維在我的眼中逐漸變小，終於完全消失在地平線上。

船上羅曼史很美是一回事，但卻是很脆弱的愛情，往往宛如一個七彩的泡沫，在空氣中飄飄然的時候很美，一旦落到現實的陸地上便化為零。當年「亞洲」船上幾對情侶的結局如何，我沒法得知。但，奇妙的是奧維與我的一段海上羅曼史竟然落地生根了。

孟買分手後，我倆各奔前程。奧維在印度假期結束返回丹麥，繼續進修企業管理碩士。不久，我提著一個皮箱，從香港飛到美國加州，進入柏克萊校園去修碩士學位。

奧維和我雖然已經遠隔重洋，但我們沒有忘記彼此，有恆地通信，每年相約在世界某一角落相會一次。命運像放風箏那樣，讓奧維和我各自飛著，它在遠方拉著愛的繩索。等到一定的時間，命運便把它手中的繩索收緊，把奧維和我這兩只風箏又拉回到同一個地方。

經過五年的考驗，我終於認為奧維是最適合做我丈夫的男人。於是，一九六九年的一個寒冬日，我從美國來到當時冰天雪地的丹麥，在聳立冰海旁的古堡裡面與奧維結成夫妻，開始共同的婚姻生活。

奧維的家鄉

丹麥的赫爾辛格城（Helsinger）是奧維的家鄉，該城的英文名字叫埃爾西諾（Elsinore），在世界上有點小名氣。它位於丹麥大大小小三千個島嶼中的新西蘭島（Sjælland）的北岸。從那裡坐火車往南去，經過一段風景優美的海岸，一邊是海，一邊是蓊鬱的樹林，綠蔭與漂亮雅致的別墅互相掩映，一個小時後便到達首都哥本哈根。

埃爾西諾是一個港口，躺在厄勒海峽（Øresund）的旁邊，對面是瑞典。在這裡，海峽狹窄得很。晴天時，丹麥和瑞典兩岸的屋子邈邈對望，像人那樣彼此上下打量。渡輪在兩岸之間來來往往，載客也載車。從丹麥這邊上船，吃一頓快餐，二十分鐘後就可在瑞典下船。嚴冬時，海峽好像瞎了眼睛似的，藍色的海水不見了，只見冰天與冰地相連，人們可在厚厚的冰海上行走，從丹麥一直走到瑞典。

十八世紀的時候，埃爾西諾港與東方做香料、瓷器、絲綢等遠洋貿易而致富，富有的船商在港口邊緣建築他們的住宅。今天，這些有氣派的房子仍然站在那裡，端莊的原貌不改，替港口抹上一層歷史色彩。二次大戰後，一個現代化的造船廠在港口興起，幾乎全城的人都靠這船廠生活。奧維的父親便是該造船廠的總會計師，一直到他退休為止。二十世紀末，從船塢裡出來的精美船隻越來越少，船廠不能與台灣的造船業競爭，終於關了大門。

今天，外國遊客絡繹不絕地來到埃爾西諾城，為的是要看那瀕海而立的古堡。

一塊高高長長的岩崖，在港口的北端伸出海去，有如一隻扼著海峽咽喉的手臂。公元十五世紀時代，丹麥皇帝動了賺錢的腦筋，在那塊突出海去的岩崖上修建一座龐大的堡壘，四周設置炮台，下令所有經過海峽的船隻都要向該堡繳納過關稅，不付錢者受炮火洗禮。

可是，這座古堡的成名還是歸功於莎士比亞的生花妙筆。當年，莎翁寫《哈姆雷特》（Hamlet）一劇的時候，靈機一觸，把整個悲劇故事都搬到這座名叫克隆（Kronborg）的古堡裡面發生。在過後的數百年，外貌森然的古堡屹立在天與海之間，帶著一股幽怨的氣息，彷彿對海水傾訴著一段哀傷的神祕往事。後人把莎翁當年的想像信以為真事，紛紛前來古堡尋覓哈姆雷特王子的影子。埃爾西諾城也因此名聲大振。

奧維就在這個哈姆雷特王子的城市出生和成長。

奧維是一個戰爭時代的孩子。他出生的時候，二次世界大戰烽火正旺。一九四〇年的四月九日清晨德軍揮兵進入丹麥國境，丹麥皇帝下令不抵抗，小小丹麥若與軍力龐大的德軍對抗，無異是全民集體自戕。丹麥政府自動投降，但與德軍取得協議，保持內政自治。在整段被德軍占領的期間，丹麥皇帝每天騎著一匹高大駿馬，走出皇宮，在哥本哈根的街道上緩緩而行，他身邊不帶一個皇家警衛、不帶一個武裝士兵，只有人民前後簇擁著他。這位皇帝就是當今在位的女王瑪格麗特二世（Margrethe II）的祖父。當年德軍沿著丹麥西部平坦的海岸線建築了一連串鋼鐵般堅實的土堡，一尊又一尊的大炮守望著北海，以防聯軍登陸。這些海邊地堡建築得牢固異常，半個多世紀後的今天仍然蹲坐沙灘上，有點像一群被遺棄了的孤兒，在北海的烈風中抖擻著。

奧維常對他的外國朋友說：「我出身於一個普通的丹麥家庭，但家裡永遠充滿著愛。」

奧維的父親態度威風嚴峻，在他工作的造船廠裡有「將軍」之稱，在家裡是個好父親。埃爾西諾城四周多樹林，每逢週日和假期，奧維的父親便帶著六、七歲的小兒子騎腳踏車到附近森林玩耍。父子兩人在森林裡騎腳踏車遊逛的快樂時光是奧維寶貴的童年記憶。由於那些童年時代的森林之遊，使他成為一個「鳥類專家」，一眼便能辨別出鳥兒的種類。奧維跟我結婚後喜歡到森林裡散步，每聽到樹梢頭傳來鳥鳴聲，他立即告訴我，那是什麼鳥在啼鳴。

奧維的母親是一位美麗的金髮女人，性情溫柔、脾氣好，而且有繪畫天才，只是那個時代的婦女不外出工作，留在家裡照顧孩子。奧維對此很感安慰，常回憶說：「放學回家，媽媽總是在那裡等著我。」每週一次，奧維跟著母親乘渡輪到瑞典買咖啡、巧克力、糖果、香菸。戰後的丹麥缺少這些物品，視之為奢侈品；瑞典以中立國的身分平安度過戰爭，物資不匱乏。從瑞典購物回來要過關報稅，但所有的人都買了超出限制的數量。奧維的母親叫他把過量的東西藏在他的大衣裡面，小孩子是不受檢查的。四、五歲的奧維變成一個小胖子，悠悠然地走出關門；但他的母親卻往往緊張得昏暈倒地，引起一陣騷動。奧維對這些童年事記憶深刻。

外祖父和外祖母對他這個小孫子更是疼愛萬分。外祖父和外祖母家在埃爾西諾城的郊外，奧維一有空便騎著腳踏車飛奔前去。

外祖母推開大門，跑出來迎接他，擁著他親吻：「啊，多麼可愛的小男孩！」又再喊一聲：「啊，多麼可愛的小男孩！」一個吻又落到奧維的臉頰上。

外祖父家後面有一塊種菜和種果樹的園地。夏天時，園裡長滿草莓，又紅又胖，櫻桃樹上果子纍纍，又大又圓。外祖父嚴禁過路的小孩子採擷他園子裡誘人的果實，唯有奧維可以隨採隨吃園裡的禁果。

外祖父知道小孫子愛火車，常帶奧維去坐那段從埃爾西諾到哥本哈根的火車。有的時候還跟火車司機講人情，讓五、六歲的奧維站在火車頭裡面觀看蒸汽火車的操作，使他產生了將來當火車司機的童年夢想；從那時起，他便開始了蒐集模型火車的嗜好，對蒸汽火車的愛好終生不渝。結婚後，我常陪他到各地去看火車模型展覽；每一回我們到美國去旅遊，奧維必預先找出來，哪一個城有火車博物館，特地開車到那裡去觀賞。

奧維只有一個比他大五歲的姐姐。姐姐只愛玩洋娃娃和爭著跟鄰居推嬰兒車，但奧維並不缺乏玩伴。他曾對我說，二次大戰的時候，好像男孩子出生的特別多，他家附近的鄰居，每家都有與他年齡相仿的兒子。七、八個男孩子成群結隊到森林裡去玩，在那裡築屋建營，扮演「紅番」；碰到有別區的男孩子入侵他們的森林營地，一場「紅番戰」便激烈展開。奧維是他該區男孩子群的小領袖，怎樣玩由他決定、怎樣打仗由他策略。

在一切遊戲之中，最能緊緊抓住奧維心的是足球。他對足球的喜愛接近癡迷，不管刮風下雨、降雪落霜，只要有足球打，他必在球場上。

丹麥的母親喜歡把她們的女兒和兒子送到舞蹈學校去學跳交際舞，從八、九歲開始。奧維十歲那年，他的母親帶著他到舞蹈學校去；可是，奧維只上了兩堂課便不肯再學跳舞，回到他的足球去。跟他一起學跳舞的小女伴好想念他，總是問舞蹈老師：「為什麼奧維不來跳舞啦？」

那個時候，丹麥的城市都分別組有業餘的少年足球隊，城與城之間舉行比賽，也與外國的少年隊做友誼賽。奧維是埃爾西諾城少年足球隊的隊員；他有一雙輕快的腿，跑得像鹿子般快，是百米賽跑的冠軍。他在足球場上帶著圓球飛奔、衝鋒陷陣，教練們對他刮目相看。

一天，一個職業足球隊的球探上門來，徵詢奧維父親的同意，讓他們把有足球天才的奧維培養成一個職業足球員。一九五〇、六〇年代，職業足球員身價百萬金的風光時代還遠在將來。奧維的父親認為兒子當職業足球員不會有好前途，結果不同意。

奧維中學畢業，當兵的時候到了。那時正是歐美與蘇聯的冷戰高峰時期，西歐國家時刻準備蘇聯的坦克車會壓過來，國際形勢杯弓蛇影。是時，丹麥實行強迫服兵役制度，男孩子到了十八歲必須服兩年兵役。奧維出娘胎的時候，是由接生婆用力拉出來的，脊背給拉歪了一點。檢查身體的時候，軍醫發現了他這個背部毛病。

「你的背有點歪，不用當兵！」軍醫向奧維宣布。

背部有點歪本不是當兵的大礙，免服兵役是一種對他體恤的表現。軍醫滿以為奧維會因此高興得歡天喜地。

「我一定要當兵！」奧維斬釘截鐵地回答：「我要當兵來考驗自己。」

軍醫們個個為之愕然。他們看慣了那好些不願吃當兵苦頭的少年，在他們的面前耍弄各式各樣的逃兵役花招：有的把全口的牙齒脫光、有的裝病，更有的撒謊說是同性戀。想不到，眼前這個俊俏青年，具有合法的免服兵役條件，卻堅持一定要當兵。準定是個大傻瓜！

服兵役的兩年中，奧維果然嘗盡當兵的苦頭：在氣溫降到零下的寒夜，躺在森林的冰土上過夜；野營時睡在農家的豬棚上；背著幾十公斤的裝備翻山越野。不但如此，他吃苦頭吃得出色，被上方選作發號施令的軍士（sergeant）。服役結束時，他對軍紀生活感興趣，還曾有過繼續進入軍官學校，以軍人為終生職業的念頭。只是念頭歸念頭，結果他走上金融之路。

「用意志力來克服身體的弱點，用意志力來克制肉體的飢渴、疲倦、病痛」，是奧維在少年時代便開始遵行的做人原則。只是，到了他人生的最後一個階段，他的意志力和肢體分了家，意志力依舊在指揮，但肢體不再服從。他的一貫做人原則成了命運對他的殘忍戲弄。

奧維這個人

一個溫文爾雅的男子，是一般人對奧維的第一個印象。凡是跟他相處過的人——親戚、朋友、同事都喜歡他。

我的姐姐元真在美國向她的朋友們宣稱：「我的妹夫是世界上最好的人。」

我的弟弟元泰在加拿大稱讚他：「奧維在我們池家，永遠是一位紳士。」

我媽媽生前，每聽到奧維在另外一個房間傳過來的哈哈哈雄亮笑聲，便笑咪咪地說：「啊，奧維的笑聲真叫人開心！」

我們在丹麥的至好華人朋友，前任台灣駐哥本哈根代表陳毓駒（Y. C.）先生給奧維起了個外號：「Sunshine（陽光）」，見面就以 Sunshine 稱呼他。

在丹麥朋友和同事的眼中，奧維是一個能幹、謙讓、可信任的人，也是一個頂尖兒的幽默大師。

如果要我用為妻四十年的眼光來形容奧維，我會採用「紳士」兩個字。奧維不但在外表、衣著、風度、言行談吐、日常生活各方面是個紳士，他的整個性格是紳士風範。在他所有的條件中，他的紳士性格最令我欣賞。

奧維在丹麥男人中屬中等身材，不胖不瘦，穿用的衣服均是中號。走起路來，胸膛挺直，大步往前，步調有規律，一眼可看出他是一個講究紀律的人。他的面貌斯文；頭髮接近深金色，永遠梳得平滑整齊；他有高寬的額頭、挺直的鼻子、薄薄的嘴唇、小而整齊的牙齒、一個有力的下巴。在他端正的五官中，最美的是他的雙目，密密長長的睫毛圍繞著一雙深藍色的眼睛，眼睛裡蕩漾著溫柔的光輝。當他戴上近視眼鏡，溫柔的光輝被鏡片遮掩了，使他看起來顯得嚴肅。

奧維注重衣著，外出總喜歡穿西裝，就是不穿整套的西裝，也穿上一件外套，領帶是必打的，皮鞋也必刷得光亮。在今日不講究衣著的丹麥男人族群中，這樣的打扮屬於稀有。奧維的穿著品味保守，他自己買的衣、褲、外套、毛衣全是深顏色，襯衫不是白色就是淺藍色。美國男人愛穿的那種顏色鮮豔的方格子襯衫、僅到膝蓋的寬鬆短褲，他一向退避三舍。「打我也不穿！」他笑著說。

奧維年輕時，第一個工作是在飛利浦電子公司（荷蘭總公司在丹麥的分公司）裡當經理的助手。當年，考進公司的時候要寫字給心理學家分析個性，心理學家對奧維的工整、清楚如印刷的筆跡做了如此的評語：這是一個非常有恆的人，做事必細心做到底，事情不到完美階段不停止；有問題必耐心設法解決，絕不會因困難半途而廢。

奧維不但做事有恆，他對人、對物皆有恆。別人送他的禮物，他一定珍惜，舊了、壞了，仍然捨不得丟棄。他去世後，我清理他的衣物，發現一個很舊的歐米茄（Omega）自動手錶，拿起來搖幾下，發現已不再走動。記憶忽然從腦際躍出來：「呃，這不就是爸爸、媽媽在我們結婚的時候送給奧維的禮物嗎？」心裡一陣感動：那麼多年了，奧維還把這已經無用的手錶珍藏起來，跟他重要的私人物件存放在同一個抽屜裡。

清理奧維放置文件的書架，我又發現一個大盒子，拿起來覺得好重。打開一看，裡面全是信。我差點不相信自己的眼睛：「那不是自己年輕時的筆跡！」把盒子裡的一大疊信隨便翻看，信封上貼的是香港的郵票、美國的郵票，全都是當年我們在義大利郵輪「亞洲」分手後，我從香港、美國寫給他的情書。從一九六四年夏天到一九六九年冬天，整整五年的信，奧維都保存起來，滿滿一盒；結婚幾十年來，我們搬家多次，他竟然把那麼多的舊信帶在身邊，這是我不知道的。我看著這些字跡已褪了色的信封，時光在腦子裡倒流，但信的內容不忍心重讀了！

奧維對人很講禮貌，男女老少都一樣。在社交場合，他對女士招呼殷勤，替女士開門、拉椅子、穿脫大衣等禮貌之舉是必做的。這並不是他故意裝模作樣，或者是出於一時的熱情；對女人的尊敬和愛護是他天性的一部分。

他在家裡對太太的照顧比對別人更殷勤多倍。早晨做早餐及早晚兩餐前，把維他命丸放到餐桌上太太的位子前；好的東西必讓給太太用；經常讚賞太太聰明美麗。

奧維在服兵役期間學會了燙衣服、刷靴子的祕訣。每逢他在家裡燙衣服，必問我：「妳有哪些要燙的東西，拿出來！」刷鞋子時也問：「妳有沒有要刷的鞋子？」走路的時候，他也做我的照明燈：「小心！前頭有一個泥坑。」

奧維對人有禮貌、對人體貼，因為他自己充滿自信心；內在的自信心洋溢在他的外表。他氣質高尚、態度大方，在任何場合，人們會自動前來跟他交談，問他的意見。他為人謙虛，從來不故意爭取出風頭的機會；跟人交談時，他是個好聽眾，從來不犯只管自己滔滔不絕講話的壞習慣。所以，無論他到哪裡，是個很受歡迎的人物；他的意見也得到別人的尊重。

如果你問奧維，他對自己的哪一點最感到驕傲。他會毫不猶疑地回答：「我的幽默感！」丹麥幽默是與眾不同的一種幽默，把事情陰陽顛倒說，好的說成壞的，壞的說成好的，而且還要誇大其事來說。奧維無須思索，幽默妙句便像大珠小珠落玉盤般隨口而出；他的丹麥朋友欣賞不已，聽了笑個不止。

我是奧維的太太，接受他幽默恭維的機會最多。有的時候，我不小心碰到家具，身體失去平衡，往前踉蹌幾步，奧維立刻說：「我看妳最近一定是學過跳芭蕾舞！」我在家裡找眼鏡，來來回回地從客廳、書房走到洗澡間，奧維便假裝正經地說；「哎呀！沒想到我是住在火車總站。」廚房裡的煮水壺水滾，吱吱尖叫，奧維便問我：「親愛的，是不是妳在廚房裡說話？」

在外國人中，以英國人和荷蘭人比較能夠接受這種陰陽顛倒的丹麥幽默；但在德國人、美國人、中國人的耳中則常被誤解為是嘲笑或侮辱。奧維曾在中國友人面前表演他的幽默，但後者的反應不是不得要領、一臉苦笑，便是靜默不言。奧維失望得很，對我說：「唉，中國人沒有幽默感！」

我回答說：「中國人有幽默感，只是跟你的幽默不一樣。」想了一下，還是要勸他：「丹麥幽默最好不要用在中國人的身上，容易傷人感情。」

從此以後，他對中國朋友便只表現友好而收斂幽默。但，陳毓駒是一個例外。陳毓駒就是Y. C.。他請奧維用「毓駒」二字開端字母的英文譯音稱呼他。Y. C.容易發音、容易記，叫起來親切。

陳毓駒是一位風度翩翩、西裝筆挺的外交官。奧維每一次見到他，開口第一句便笑問：「嘿，Y. C.，你這套西裝是不是從救世軍那裡撿來的？」

「我看你這一套也是撿拾來的吧？」陳毓駒回敬一句。

兩人便大笑起來，你拍我的背，我拍你的肩。得此異國知己，奧維高興極了。

在飛利浦電子公司工作了十年，奧維自動辭職。上司勸他：「嘉士麥（奧維的丹麥姓氏），耐心等幾年，自然會有你坐第一把交椅的機會。」

老闆。

坐第一把交椅並不是奧維的願望。跟別人做事，無論怎樣，最終還是要接受公司頂頭的指令。他愛自由，做事完全的自由，不受別人的束縛。於是他建立了自己的投資公司，做自己的老闆。

奧維自己誠實守信、講公平、對別人信任，相信世界上所有的人都跟他一樣的誠實守信，一樣的講公平。在金銀滾滾的商場上獨立做生意，免不了會碰到花言巧語、存心行騙的人；有好幾次，奧維的純良優點被這種人利用，他替別人墊了資本，為別人付出許多的時間、費了一番心力，成果卻全被人暗中拿去做自我享受。每次發生這種事情，我總為奧維的白費心血、徒勞無功而心疼；而奧維自己卻平心靜氣的接受。

「是受騙，我不能忍受！如果你把那些錢花在你自己身上，我不會這樣生氣。」我氣憤地說：「哼！那人真可惡，怎麼可以這樣騙人！」

「妳要原諒別人！原諒才是最重要的。」奧維用溫柔的語氣安慰我。

待我脾氣發完，怒氣消散，也就算了。心裡慶幸，奧維是個誠實可靠的人。說謊、行騙者永遠失去我的尊敬。

誠實可靠，剛中帶柔，不動怒，不記仇，對自己儉省，待人慷慨，對自己要求嚴格，對人寬恕。奧維就是這樣的一個人。

最早西化的中國家庭

我出身自一個最早西化的中國家庭。這個特殊的家庭背景對我的思想、我的性格、我的作為、我的人生觀均發生了決定性的影響。

家庭的西化始於清朝末年，由我的祖父池耀廷醫生開始。

祖父的一生如同安徒生的「醜小鴨」童話故事。他出身赤貧，在童年和少年時代過的是典型的醜小鴨生涯；成年後因能抓住千載難逢的機會，成為中國第一代的西醫，從醜小鴨蛻變成一隻天鵝。從此以後，他本著救人濟貧的醫德，有時甚至冒著生命危險為社會和同胞做出許多的貢獻，有如唱出了許多首天鵝之歌。一九六一年，九十一歲的祖父在香港壽終正寢，含笑而逝；教堂為他這位醫德高尚、成就卓越的老人鳴鐘九十一響，鐘聲高響雲際。

祖父的人生故事不但具有童話色彩，而且是一面鏡子，反映出清末民初時社會的多災多難、民生的痛苦、時代思想的劇變。

醜小鴨的出身

祖父池耀廷出生於一八七〇年（清朝同治九年），他的父親在廣東省最北的一個貧瘠縣份的曲江河道上幹粗工過活。

七歲那年，他的父親在貧病交迫之下過世；一家數口的生活全落在他母親孔氏的肩膀上。她日間替人耕田，夜間還要做些針黹。祖父雖然是個七歲的小孩，也不得不與他的母親一起下田操作。

十歲時，祖父得到親戚的幫忙，才勉強入學「啟蒙」，但不過維持了兩年而已。為了幫忙家計，他又到水上做工，幫人划艇。

祖父有個二舅（他母親的弟弟），頗識文字，以走江湖替人看相、卜卦、算命為業。祖父十七歲那一年，這位二舅公回鄉探親，見到祖父長得一表人才、口齒伶俐、說話有條有理，完全不像一個生長於窮鄉僻壤的「鄉下仔」；靈機一動，計上心頭，要帶祖父到省城廣州去，讓他有個出頭的日子。

當時大家都窮，但二舅公曉得，廣州有一間免費的學校，是當年美國教會辦的。他費了一番唇舌，才把頭腦頑固的鄉下妹妹說服，同意讓兒子前往廣州追求他的理想。這樣，祖父離開貧瘠的鄉下，跟著他的二舅到了廣州，在美國人辦的教會學校念了三年書，成績很好。

中國最早的西醫

光緒年間，美國教會在廣州開辦了一間醫院，名叫「博濟醫院」，同時兼辦了一間「博濟醫學堂」，就地培養華人西醫。當年的校長美國人Dr. John Kerr，被廣東人稱為嘉約翰醫生，是遠東醫學史上大名鼎鼎的人物。嘉約翰說得一口流利的廣東話，親口用廣東話授課，還致力把英文醫書翻譯為中文教本，一共翻譯了《內科全書》、《割症全書》、《眼科撮要》、《婦科精蘊》、《花柳指述》等二十餘種。

當時，中國人排外和反洋的情緒很高，廣州市民造謠中傷「博濟醫院」，說它是洋人販賣「豬仔」的祕密機關，即把中國年輕男子拐賣到美國去當苦工，導致醫學堂招生發生困窘，問津者無人。

此時，走江湖的二舅公剛好從外埠回到廣州，得悉此消息，立即跑去找祖父，說：「你千載難逢的機會到了。人棄我取！你馬上到博濟醫學堂去報名。西醫將來必大行其道，那些謠言絕不可信。而且，學校不收學費，有吃有住！你還求什麼？」

這樣，祖父在一八九〇年以池耀廷的名字成了博濟醫學堂的學生。他入學的時候，孫逸仙

（國父孫中山先生）剛離校轉往香港的「雅麗士學院」（現今香港大學的醫科前身）。

「博濟醫學堂」當年的學制是三年學習，一年實習。一八九四年祖父畢業，成為中國最早一代的西醫。根據他中、英文對照畢業文憑上的說明，他精通解剖學、生理學、藥物學、內科、外科、婦產科等學科。

畢業後，祖父開始掛牌行醫。同時，他入了教（長老會），成為一個虔誠的基督徒。後來，他又從師學會牙科，業務蒸蒸日上。

祖父行醫，每見有貧病者倒臥街頭，必加以救治。當年廣東水災頻頻，每逢大水災，祖父必租賃舢艇，親自外出救助災民，替人裹傷、接骨、開刀、接生。

自行製藥、中西原理合併

行醫數年後，祖父深深感到當年民間疾病橫行霸道，但又極端缺乏有效的藥物，往往一點小事便使人終生殘障失明，或虛弱早斃。

於是，一九〇二年他在廣州開設「資生堂」藥行，自行製造成藥，低價售予市民。在往後的數十年，他一共製造了藥膏、丹丸、眼藥水等百餘種，均是針對當年在民間最普見的疾病而製。而且，他首創中西藥合併的原理：所有藥品均以西藥為主，必要時則中、西藥合併。他所製造的藥物中，以「池耀廷發冷丸」最出名，極受民間歡迎，盛行廣東、廣西兩省。

清末年間，瘧疾在廣東、廣西的農村地帶蔓延猖獗，尤以每隔一日發一次的三日瘧為最，患者痛苦萬分。

祖父知道，其時荷蘭人在爪哇（今之印尼）種植金雞納樹，提煉金雞納霜（即奎寧 Quinine，當年唯一可治療瘧疾的藥物）。於是，他從爪哇進口金雞納，又在他所造的發冷丸內加入就地取材的中藥材料：大黃（中藥瀉劑，減少病者的積滯痛苦）、甘草末（減少金雞納的苦味）、砒霜（患瘧疾者多貧血，而少量的砒霜可治貧血）。故此，「池耀廷發冷丸」被稱譽為最有效的發冷丸，替當年眾多被瘧疾折磨的患者帶來病痛的解脫。

赴東北參加防鼠疫工作

一九一〇年，東北發生大鼠疫，由北而南，來勢兇猛，死人無數。那次的鼠疫是最危險的類種，由呼吸傳染，疫菌侵入肺部，得病者一天內就窒息而死，全身發黑，故又稱黑死病。當時，慈禧太后與光緒皇帝皆已去世，清室對他們老家發生了大鼠疫全不過問。如是鬧了一段時間，疫症蔓延至奉天（今日的瀋陽），逼近北京。清室朝臣才慌張起來，恐懼疫症會侵入帝京，自身不保，於是委任伍連德博士（廣東人）為防疫總辦，並急電廣東，徵聘西醫十人，北上協助防疫工作。其時廣東人比北方人易接受西洋文化，學西醫者較多。

祖父毅然應徵。當時正值年終歲末，家家張燈結綵，忙著準備過年，祖母又將臨盆生產第九個孩子。親朋鄰里均前來勸阻祖父，何必放下家庭與事業去幹這種九死一生的危險工作？但祖父本著上帝自會保佑他的信念，整裝出發。

他在一九一一年（宣統三年的正月）北上滿州，在冰天雪地的奉天城不分晝夜趕工，組織防疫事務所。他以防疫醫官的身分與日、俄軍醫合作，工作遠至哈爾濱。半年之內，猖獗為患了數年的大鼠疫得以撲滅。祖父親手把當年防疫的經過和方法寫成一本詳盡、有條理的「奉天城防疫事務所成績報告書」，呈遞給當年的欽差大臣東三省總督。

當時的清室攝政王（醇親王）代宣統皇帝御賜祖父七品官銜，以賞其功。祖父平安返抵廣州，帶返家一張御賜黃榜，與家人團聚。他的四子時年十歲，對此黃榜有記憶：它寬約二尺多，長約五尺，是黃色的，繞有綠色的龍，下面蓋有玉璽。

祖父一向不重視功名利祿，並沒有把皇帝給他的黃榜裱起來。但他的舅公以宣揚名聲為道理，硬要把那幅黃榜貼在大門側的牆上。風吹雨淋，一紙黃榜不久便粉碎凋零。那份有價值的歷史文獻就此煙消雲散。跟著，風燭殘年的清朝也宣告滅亡。

祖父繼續在廣州行醫濟世。

開設難民營、為同胞服務

中日抗戰開始，日軍從北南侵，大批難民湧入廣州。祖父雖然已年近七十，但在這國難當頭的時候，他又挺身而出，為同胞服務。他與教會的美國牧師合作，在郊外開設難民營，自任駐營醫生（難民營在廣州淪陷半年多之後被日軍解散）。

在這期間的一天，一個農婦難民倒臥路邊，難產將死，被送到難民營。祖父替農婦接生，平安產下一胎四嬰（二男二女），一時傳為美聞。後來，祖父又安排四個嬰兒由教會辦的孤兒院撫養長大。二十多年後，祖父在香港逝世，那四個已經長大成人的孩子特別前來奔喪。

祖父自己養育了九子三女，其中有三個兒子繼承父志，成為外科醫生及內科醫生，其他的四個兒子則學成牙科醫生。因此，池耀廷的家族在廣州享有醫學世家的美譽。

家庭習俗的西化

一九四九年大陸變色的時候，已經退休了的祖父與祖母隨同一部分兒孫南遷香港。他在香港繼續熱心從事教會工作。

那時我已經八、九歲，到了懂事的年紀。我記憶裡的祖父就是那個年頭的祖父，一個臉上永遠帶著微笑的慈祥老人。我記得，他每次見到我，總是摸著我的頭，說：「元蓮，將來要做醫生。」

從那時開始，我也意識到，我們這個姓池的大家庭與普通一般的中國家庭有迥然不同的習俗。

祖父不贊成三代同堂的傳統生活方式，認為兒女們應有自己的家。他與祖母不和兒女同居，有他們自己的居處；我的叔叔伯伯們均與自己的孩子各自成一宅。

別人的家裡多設有祖先神主牌，有向祖先燒香、叩頭、供祭品等習俗。相反的，祖父和各叔伯的家裡均不設神主牌，我們從不燒香拜佛，從不向任何人、任何偶像叩頭。

每逢過年過節，整個大家庭就聚集在祖父與祖母的家。他們兩老坐在兩張椅子上，各宅的叔伯帶領著自己的子女，依次序向祖父、祖母行三鞠躬禮。然後大家坐下來，由祖父主持祈禱；選擇幾段《聖經》，大家一起讀；挑選幾首詩歌，大家一起合唱。

祖父是一個虔誠的基督徒，但慶祝聖誕節的儀式並不鋪張，他廢除了家人互送禮物、吃豐盛聖誕大餐、屋內大肆聖誕節布置的豪華風俗。我們一家人團聚一堂，也是禱告、念《聖經》、唱詩歌，儀式簡單而莊嚴。

所以，我是一生從來沒有叩過頭的中國人，對許多中國舊習俗均不熟悉；但我熟悉翻《聖經》。在我的記憶裡面有深刻的印象，祖父說：「現在，讓我們念新約聖經馬太福音第××章，第××節。」我的小手便忙著翻頁數。祖父又說：「我們現在念舊約聖經出埃及記第××章，第××節。」我的小手又飛動起來。

我也記得很清楚，祖父生前最愛說的一句話：「上帝愛世人，甚至將他的獨生子賜給他們。」

小的時候，我只是聽著，並沒有理解這句話對祖父的重要性。長大後回顧，我明白了，那是祖父的人生座右銘。他十七歲之前，活在晚清末年的貧瘠鄉下，一定嘗盡被窮苦、迷信、卑賤的桎梏壓迫的滋味。基督教和基督教會辦的西醫學校把他從無知的黑獄提升到另一個光明的世界，正如給了他一條新的生命，讓他重生復活。因此，他的宗教信仰是絕對性的：他相信《聖經》裡講的都是真的，一切都是上帝的旨意。他自己立志以耶蘇基督為榜樣，到處替人治病、解除痛苦、拯救生命；這是他的人生使命。

祖父破除迷信，自己也不為傳統的迷信信念所困擾。在他行醫的年頭，每見到有無家可歸的窮人倒斃路上，必吩咐人把死者抬回他的診所，給後者出死亡證，並負責加以埋葬，絕無顧忌不吉之迷信念頭。

在他那個重男不重女的時代，祖父提倡女權。他反對纏足、盲婚、立妾、家中收養「妹仔」（廣東人對用錢買來的婢女的稱呼）。他自己以身作則，也如此囑咐後代。

他與祖母的婚姻可說是個一見鍾情的故事。他掛牌行醫後不久，在教堂裡見到比他小八歲、有一雙天然大足的祖母除氏，驚嘆是天仙下凡，立刻託人做媒。從客觀的角度來看，祖母並不是個漂亮的女人；但在祖父的眼中，祖母永遠是個如彩蝶般的女人，即美麗又純潔。他們結為夫妻後，一生相愛相敬，感情融洽，從不鬥嘴，從不吵架。

在清朝末年，良家婦女是不准拋頭露面地上「茶樓」的。年輕的祖母不以為然，帶著一群教堂的師奶（女教友），一道衝進茶樓。茶樓的夥計們前來攔阻，但不敢動手拉拉扯扯。這群不纏足的女人坐下後，大聲要茶、要點心。第二天，她們捲土重來；第三天，她們又舊戲重演。如是者，她們天天都在茶樓出現。

這件事是當年廣州街頭巷尾的是非醜聞。祖父是當年的廣州名醫，他不但不阻止他的太太上茶樓，反而公開支持。日子久了，人們也就習慣，見怪不怪了；別的女人也跟著開始上茶樓去。這樣，在祖父的鼓勵之下，膽子大的祖母打開了女人也可以上茶樓的風氣。

祖父成為西醫和基督徒後，在思想和生活習俗等多方面都開始西化，但在衣著上他沒有這樣做。

清末民初的幾十年來，社會有一種不成文的規矩：中醫穿中國長袍；西醫則穿西裝。祖父是個例外，他在日常生活中素來穿中國長袍。原因是：他少年時代在水上幫人划艇多年，致使他的腳趾特別發達，尤其是大腳趾的第一個關節長得比常人的粗大得多。這樣大的腳趾關節隆起來，穿西洋皮鞋很不舒服；故此，祖父一向穿中國布鞋，穿中國布鞋就不適宜穿西裝，兩者格格不入。

但，祖父亦備有一套西式大禮服，等到有大場面的時候才穿用。例如，民國初年，孫中山下野後返回廣州，「廣東醫學共進會」歡迎孫大總統時，祖父便穿上他唯一的一套西式大禮服，與他的先後同學孫中山一同拍攝一張照片留念。

對我最有影響力的人

對我最有影響力的人是我的父親——池正醫生。

父親出生於一九〇一年，正好是辛丑條約簽訂的那一年。清廷因一九〇〇年的義和團之亂，與外國列強簽訂條件苛刻的不平等條約，是所有不平等條約中之最不平等者，使得中國走入太陽下山、黎明未至的歷史低潮。一個翻天覆地的亂世就此開始，內憂外患交迫激烈，西洋文化破關而入，古老的中國開始蛻變。

父親就是在這種氣氛之下成長的。他從小到大受的均是西洋教育。七歲那年，進入廣州的「南武小學」，是一間由德國人辦的寄宿學校。十四歲那年，他便獨自離家到天津念書。那時，中國尚未有鐵路溝通南北方，往返兩地須靠海路。當年最大的輪船公司是英商經營的太古，次之是中國招商局輪船公司。父親乘的是太古輪船，從廣州出發，經香港、廈門、上海、煙台、威海衛等沿海商埠，歷時十二天才到達天津。

在天津，他就讀於德國人辦的德華中學。父親是個愛國青年，眼見外國人欺負中國人，心裡發誓要救國，天天跑步騎馬來鍛鍊身體。五四運動興起，父親熱心投身學運，組織全市中學生抗議、集體遊行、沿途演講。後來消息傳到廣州祖父的耳朵裡，認為搞學潮的兒子荒廢學業，立即命令轉學上海。

當年，上海有三大名校：美國人辦的聖約翰大學、法國人辦的復旦大學和德國人辦的同濟醫工專門學校。父親在一九一九年進入同濟念醫科預科，該校的學制與德國大學一樣，教授大都用德語講課。

一九二〇年代初期，中國離科舉考試制度的廢除才十幾年，但知識青年的思想已完全轉向，醉心於西洋科學，興起留德、留法的熱潮。德國雖然在第一次大戰戰敗，但在科學領域仍然是執牛耳者。

一九二二夏天父親乘火車到德國留學。火車在西伯利亞大平原上走了整整一個月才到達柏林。從柏林他再轉車到德國東部的文化名城比斯婁（Breslau），就讀於該城的大學醫科系（Breslau在二次大戰後被割讓了給波蘭，即今日波蘭的 Wroclaw 城）。

那時，德國經濟蕭條，馬克幣大貶值，父親買麵包得提一大籃子的馬克鈔票去買。到了一九二四年，德國得到美國的資助，發行新馬克，生活費用跟著增高。

次年，父親轉學到奧地利的維也納大學。一來，奧地利的生活費用比較低；二來，當年維也納大學的醫科是全世界享譽最高者，醫學界的名教授均雲集於此。父親專修內科及小兒科，在一九二八年以最優等成績畢業，拿到醫學博士頭銜。在他畢業證書上簽名的三位奧地利教授中的一位：**Julius Wagner-Jauregg**就是一九二七年諾貝爾醫學獎的得獎者。

在歐洲念書，父親仍舊抱著「讀書不忘救國」的態度，積極參加學生運動。一九二五年，他到比利時首都布魯塞爾去參加要求廢除中比不平等條約的示威遊行。當天，三百多華人沿著電車軌道走去，交通為之阻塞。比利時警察持棍前來驅散，把十四個華人逮捕，關進監獄。父親是其中之一。三天後他們才被當時駐比利時的中國公使保釋出獄。遠在廣州的祖父竟然在報紙上看到他的四子池正在比利時被捕的新聞，驚愕萬分。

學業完成，父親踏上歸國之途，仍舊是經西伯利亞鐵路而回。他歸國時的心情與出國時的樂觀完全不一樣。以他自己日後所寫的文字來形容歸途上的沉重心情：「德奧風情，山明水秀，社會安定，回望老家，民窮財盡，外力侵凌……」

父親是個聰明絕頂的人，智慧高、口才好，為人正直、心懷坦蕩、待人慷慨。回國後他先後在天津、廣州掛牌行醫，是當年廣州最有名的西醫之一，以診斷正確出名。他也曾任中山大學的醫學教授、廣州警察醫院的內科主任，當年軍政界的風雲人物，如有「南天王」之稱的廣東軍閥陳濟棠、李宗仁等都是父親的病人。

父親雖然一生受的是德國人的教育，德文說得跟德國人一模一樣，但中文程度非常好，是他自修得來的。當年德國人在中國辦學，以德語為主，毫不重視中文，只在下午開一堂中文課，請來一位老書生，搖頭擺腦地死讀古文，學生們聽得無聊，不是打瞌睡，便是幹別的事情。父親在課堂裡學不到像樣的中文，便自己閱讀司馬遷的《史記》和《三國誌》、《西遊記》、《水滸傳》等白話小說。五四運動時，新潮雜誌如雨後春筍般出現，也是父親少年時代愛好的讀物。到了老年，他竟然能夠把他的亂世經歷用蒼勁的中文詩詞寫出來，作為亂世人對亂世時代的見證。

他曾這樣描寫他的一生：「……從此以後，我行我素，不泥世，不苟俗，千錘百煉，幾多折磨，幾多驚險，幾多痛苦，臨危不懼，大難不死。……三十年動亂，逃來逃去，城過城，江過江……。白髮翁，慣看風雲突變，世道無常似有常，人心求足何時足……。」

我遺傳了父親我行我素，不泥世，不苟俗的個性，長大後成為父親的好朋友，兩人無話不談，天南地北的事情都拿出來討論。

記憶裡，父親從來不強迫我做任何事情，從來沒有責罵過我。從我年紀很小的時候便是這樣，他讓我自然地發展我的性格和天生才能；我要做什麼，他在後頭鼓勵和支持；我做什麼，他在旁邊引導和維護。他希望我會成為一個有學識的女人，過一個豐富安樂的人生。可是，我怎樣走我人生的路子，是我自己的選擇，父親從不加以干涉和阻止。

從我很小的時候，父親便向我灌輸中、西文化。七歲那年，他教我念我人生的第一首詩，是司馬遷的《荊軻詠》。我雖然不認識那些字，卻能毫不費力地把整首五言詩背得滾瓜爛熟，在朦朦朧朧中意識到詩裡面的激昂氣概，詩中英雄故事的戲劇化。那一年，父親又教我唱我人生的第一首歌，是一首音調活潑、容易上口的德國民歌。我一點德文都不懂，但也立刻學會了，天天興高采烈地唱著。

待我長大後，父親更鼓勵我成為像林語堂那樣能夠用英文和中文寫作的人。後來，我果然做到了。但，飲水思源，那是父親在我童年便替我奠下了對中國歷史和西洋文化產生興趣的踏腳石。童年時學的那第一首中文詩，幼年時唱的那第一首西洋民歌，在我的童稚心靈裡打開了兩道天窗，讓我窺見窗外有高高的藍天與無垠的長空；長大後，只是把那兩道天窗大大的推開，往外面的廣闊世界飛去。

六〇、七〇年代，父親是香港留德、奧、瑞同學會的會長。同學會常在大飯店或遊艇上舉行宴會。香港是個講究社交的地方，那些居住於香港的德、奧、瑞籍外交官和商界首領必被同學會邀請為席上貴賓。每逢這種中外嘉賓齊聚一堂的盛會，父親必定帶著我出席，賓主歡樂一夜，又歌又舞，留下很多珍貴的快樂回憶。

我的母親出生於一九〇八年。她來自一個傳統的古老家庭，她的祖父是清朝殿試的探花；父親則是進士，晚清的一品大臣，娶有一妻七妾，一共生了十九個子女。這樣一個大家庭居住在一所大宅院裡，家中侍役婢女成群。母親還記得，她小的時候，家中講究「男女授受不親」

的舊禮教，連吃飯也男女分堂；所有的妾侍每天都要向正房大太太倒茶表示敬意。每逢她的父親被派到外省去做官，他只帶兩個妾侍同行服侍，因此我的母親是在上海出生的；正房妻子則留在鄉下的大宅院，管理家財和眾多的田產。

母親的悲劇是，她幼年便失去了父母。她經常在我面前悲嘆：「我四歲死了母親，六歲喪父！」每次說及此都流下眼淚。她的父親去世後，十幾個子女便把家產分了。母親因自己的親生母已不在，就歸由正房太太所出的一個姐姐管養。她長大後接受了新式教育，念師範學校，還是當年廣東省的籃球隊長和網球代表。她一直教書教到二十九歲才與我的父親池正醫生結婚。

母親可能由於從小沒有父母，在「寄人籬下」的環境中長大，她的性格內向，對人對事都顯得有點膽怯，缺少勇氣站起來為自己說話，與外界對抗。後來，她嫁到這個在廣州出了名的基督教西化家庭做媳婦，自己的丈夫又是一個絕對反迷信、反繁文縟節、崇尚西洋科學的留德醫生，就把她所熟悉的那些中國舊規矩都收藏起來，但她的思想仍然是舊式的。

我念初中一年級的時候，寫了一篇作文，內容大致是說，別人的家裡是嚴父慈母，而在我的家裡是慈父嚴母。因母親的「教」就是罵，而且往往罵得不對。當罵成了習慣便無效，一百場的罵也如同流水滑過鴨背那樣沒結果，不如父親溫和的一句話來得有影響力。

但，父親是有脾氣的。只是，他不向他的孩子們發脾氣；每遇到有危險威脅他的兒女或家庭的時候，父親會大發雷霆，威鎮一堂。

我感謝我的父親，他給了我處世做人的信心、獨自衝闖世界的勇氣、追求智慧與學識的志趣。更重要的是，他培養了我對自己的自尊價值觀，使得我日後飛到外面的世界，無論身處任何陌生地方、任何種族群落，從不產生自卑感，自自然然地抬起頭來做人做事。

做飛鳥的願望

小學二年級，老師在作文課中出了一個題目：「我的願望」。我毫不猶疑地寫了：我的願望是做一隻飛鳥。那篇幼稚的作文裡面寫的是什麼，早已忘得乾乾淨淨；但童年時寫過這樣的一個題目，卻永遠在我的記憶天地裡留下了痕跡。

幾十載後，我把這童年記憶拿出來分析，恍然大悟，在我六、七歲的時候，已經意識到內心燃燒著一個欲望：將來飛到廣大的世界外面去看新奇的事物，找尋新奇的經歷，飛得高高的，飛得遠遠的、自由自在的飛。

今天回顧前塵，我可以說，童年時想做飛鳥的願望成真了。

童年

二次大戰的時候我在香港出生。那時，父親認為，從北往南侵的日軍只敢占據廣州，但絕不敢染指英國人的殖民地；於是，他帶著母親和剛出生不久的姐姐到香港避難。就這樣，香港成了我人生的第一站。

可是，日軍沒有放過這一小片的英國殖民地，在一九四一年的聖誕節把香港吞噬。在日軍的刺刀下，香港市民遭受到嚴厲的蹂躪。按照當時一所醫院的記錄，至少有一萬個婦女被強姦。又根據當年一個英國人的目擊報導，街上有許多人被刺刀刺死；有的人更死在日兵極端殘忍的手段之下。日兵用刺刀在他們的手掌上刺一個洞，然後把他們經由手上的傷口拴連起來，分作三排，令他們站在港口碼頭的邊緣。當第一排的人因疲憊衰竭而摔倒地上時，便把第二排的人拉倒；第三排的也就跟著倒至地上。有的人跌倒進海水裡被淹死；有的則躺在地上呻吟等死。

父親在日本人統治之下的香港過得很不愉快，於是想盡辦法，把一家大小又遷回廣州。我們在日本投降的前夕回到廣州。其時，我大概是三、四歲左右。戰亂中的廣州給我留下幾個永遠忘不了的戲劇化印象。

最難忘的是，晚上看飛機下炸彈。那時，天天晚上拉警報，在天空中出現的飛機已經是美軍軍機，前來轟炸日軍的軍事要點。父親吩咐傭人把所有的玻璃窗用紙條糊上，這樣玻璃不會因轟炸的震動而破裂。每天晚上，當嗚—嗚—嗚—的警報聲在黑夜響起來的時候，家裡的人便抱著小孩子、拿著被褥，跑到樓下去躲警報；唯有我不能跟他們一起下去。一天，我在廣州沙面租界玩得興高采烈的時候，被一個騎自行車的日兵壓斷了左腿，整條腿打了石膏，行動很不方便。

我一點也不恐懼，要求陪我留在三樓的傭人把我抱到陽台去，坐在那裡看飛機來轟炸。一天晚上，眼前的城市一片漆黑，點滴燈火都沒有；天空也是烏雲密布，沒有月色。忽然，一個黃色的大火團從烏黑的天空出現，慢慢地往下降落；跟著，遠方黑黝黝的天際驟然通亮，青光照遍半邊天。時至今日，我弄不清楚，那夜從天而降的火團是什麼東西：炸彈、照明彈，還是被炮彈擊中的飛機？可是，童年看到火團從天而降的興奮感，至今仍然新鮮如昨日之事。

第二個難忘的記憶是：父親牽著我的手，在街道上走著。滿街都是歡樂的人，歌聲洋溢在街道上。父親和我跟著人群笑著，開心地唱著：「保衛大中華，保衛大中華！」

日本投降了。

但，日本的投降並沒有給人民帶來可安居樂業的和平，內戰跟著在東北爆發。

一天，我們家被打劫。一個上午，趁著父親已乘車到他的醫務所去的時候，六個粗漢子持著大刀衝進我們家，把一大群婦孺小孩都趕入一間無窗戶的小房間。我正在這房間的床上「玩錢」；那時政府剛好換了新幣制，被廢了的舊鈔票全給我承繼為玩物。但我自己並不知道那些錢幣已是無價值的廢紙。

我雙手把一大疊的紙幣遞給其中的一個強盜，很大方地說：「這些錢都給你！」那人的眼睛閃出一股貪婪的目光，但當他看了我手中的紙幣一眼，那股醜惡的目光便頓時消逝。這是我人生第一次看到人類裸露無遺的貪婪欲，那印象像給牛羊烙上印記一樣，在我童年的心靈上留下一個烙印。以後，每當我在別人的眼中瞥見這種貪婪的目光，童年的記憶便重現腦際，湧起反感。

那次強盜入屋打劫是一場大驚，但無大損。母親後來說，那些強盜很可能是第一次打劫。那個拿著鑰匙嘗試打開保險箱的強盜，驚慌得兩手發抖，始終沒能把保險箱打開。

又有一天，一個女傭帶著我上街買東西，她手裡拿著一串香蕉。忽然，一個與我年齡相仿的小男童衝到我們身邊，把那串香蕉一把搶去。我們驚愕地回頭看，男童已經飛奔進一條小巷。

以上兩個童年記憶反映出當年社會的混亂、治安的惡劣、民生的困難。大人小孩都要靠偷、搶、打劫來生存。

一九四九年，內戰的戰鼓聲逼近廣州，父親和母親又再次把一切連根拔起來，放下實物和不動產，掩上家門，帶著我們四姐弟踏上走難之途。我們在一個月黑風高的晚上乘船離開廣州。開船的時候，船上的水手一邊敲著銅鑼，一邊高聲呼喊：「開船了！開船了！」

「開船了！開船了！」的叫喊聲使當年八歲的我感到無限的興奮，心裡歡呼：「多好呀！多好呀！我們到外地去旅行！」我還不知道，我們是在逃難呢！

大量難民從大陸湧入香港，使得那塊小小的英屬殖民地的人口激增，從二次大戰後的六十多萬一下子增加至二百多萬。這些難民多數屬於廣州、上海等城市的富裕階級，他們把錢財和做生意的才能帶到香港，把精力集中在「賺錢發達」之上。於是，曾一度被英國人貶稱為「一塊光禿禿的石頭」的島嶼從懶洋洋的睡眠中醒過來，急步走向「東方之珠」的繁華前途。

但，亦有許多人並沒有存心留在香港長居，只是把這塊殖民地當作是候鳥歇腳的地方，先停下來喘一口氣，觀望風雲的變幻，然後再遷移到美國、加拿大、台灣，或別的地方去。

當時，香港的局勢不穩，杯弓蛇影，暴動頻頻，支持右派的力量和擁護左派的人士常常上街示威，擲手榴彈，警察則用催淚彈把他們驅散。

治安又壞，小偷半夜潛入我們家，翻箱倒櫃。時逢走難，好些親戚都住在我們家裡，一屋子睡滿了人，卻沒有一個醒過來；傭人說，小偷一定是噴了迷魂香！

混亂的局勢使父親很擔心香港的安危。不久，韓戰爆發，美國宣布美軍的第七艦隊巡邏台灣海峽。這一來，父親認為台灣是安全之地。於是我們繼續走難，一家人在一九五二年的夏天乘輪船遷移到台北。

我在台灣一住就是九年。可以說，台灣是我成長的地方。

我一生最感激的教育

抵達台北，所有的學校均已開學。幸逢台北第二女子中學的初二年級有個插班生的名額，我便考進了台北第二女子中學，從初中直升高中直到中學畢業。

一九五〇年代的台灣，台北市的第一女子中學和第二女子中學是全省最優秀的兩間女子中學，兩校彼此競爭，看每年大專聯考榜上有名的學生哪一校的人數比較多。

當年，學校的校規嚴、師資好、課程深、功課多、考試多。每學期除了大考，還有小考。而且，每天都幾乎有不同的科目隨時測驗；到了行將下課的前十幾分鐘，老師會忽然宣布：「把書蓋起來，我們現在測驗。」

到了高中，寒暑假還要返校去補習中、英、數學等主科，準備考大學。

這樣嚴格的教育，今天可能有人說是填鴨式的教育，對學生的壓力大，後果不良。但以我的親身經歷來說，五〇年代那段二女中的教育是我一生最感激的教育。

那段爐火純青的教育不但替我奠定下了堅厚的中文根基，一生受益；而且養成了我做學問時精神集中專一、不因難而罷的紀律；那身經百戰的考試鍛鍊，給了我相信自己絕對能夠過關斬將的信心。以後我到歐、美去念書、工作，無論競爭多激烈，也不覺得吃力；無論面臨多大的考驗，也能夠勇往直前，從容對付，不臨陣氣餒。所以，我再要說一次，我衷心感激當年北二女給予我的嚴格教育。

五〇年代的台灣大專聯考像一場轟轟烈烈的戰爭，一大群的參加者衝鋒陷陣，打進關的人不少，但打不進的人更多。當年，最熱門的是醫學系和外文系，只有分數最高者才能入圍。我的第一志願是外文系。放榜那天，我們一家人圍坐在收音機前收聽被錄取人的姓名廣播。輪到外文系了，我們屏息靜氣地聽著：第一名……、第二名……、第三名……、第四名：池元蓮。大家頓時鬆了一口氣。

我的前途有了著落，父親也就可以安心遷回香港去。在台灣住了幾年，潮濕的氣候使他患上了嚴重的氣喘病，不得不換環境。兩個年齡尚幼的弟弟就跟著父母親返回香港，姐姐與我則留在台灣念書：姐姐寄宿東海大學，我則搬入台大的第一女生宿舍，暑假時才回家度假。這樣，從十七歲開始，我便有機會培養在生活起居和精神上的獨立能力。

在台大，我成為趙麗蓮、英千里、黃瓊九、郝神父（Father O'Hara）等名教授的學生。我那屆的同班同學中，有好多位後來成為文壇名將，如白先勇、李歐梵、陳若曦、王文興、歐陽子等。這些都是我的榮幸。

一九五〇年代的台灣是「克難」時代。那時期，奢侈物資比較缺乏，但我覺得我們並沒有因此而吃過什麼苦頭；相反的，那是一段很純潔、很愉快、很有保障的日子。中學時，大家都短髮齊耳、穿著白襯衫、黑裙子、白球鞋，帶著「便當」騎自行車上學。週末，跟同學們到「西門町」看場電影，星期天到碧潭去划一趟船，暑假時到淡水河去游泳，就是天下最大的享受，其樂無窮。

大學時代，我們一班女同學在宿舍裡面練習跳牛仔舞、恰恰舞。週末時穿上篷篷裙，跟年輕的空軍軍官到「新生俱樂部」去跳舞。在我們的少女眼中，穿著藍色空軍制服的他們真帥氣！

那的確是一段純潔的時光：純潔的友誼、純潔的快樂、純潔的回憶。

飛到德國去

台大外文系畢業，回到香港。一天，父親很興奮地問我：「元蓮，要不要到德國去？有獎學金！」

「去，當然要去！」我興奮萬分地回答。

父親與德國領事館管文化的那位外交官是好朋友，消息靈通，知道西德政府給予香港五名獎學金，全部免費；只有香港大學和台灣大學的畢業生才有資格報考，那我是合條件了。在台大外文系，我修的第二外語是法文；於是，我趕緊做些德文自修，去領事館考試。

果然，我是五個被錄取者之一。

當年，我們台大的同學在畢業後，大都選擇到美國去留學的路子。我本來也有這打算；但這半途殺出來的獎學金改變了我的生命途徑。結果，我在二十二歲那年提著一件行李、帶著滿懷的熱望飛到德國南部的慕尼黑（Munich）。

回顧在德國念書的日子，簡直等於是被人請去度了三年的假。我所得的獎學金的確待遇優厚；除了不收學費，衣、食、住、行的一切均由西德政府照顧，每個月拿到充足的生活費。夏、冬兩季，學校還多發錢，讓我們置衣服。

我的同學都是來自世界各地、不同國籍的人；來自南美洲的那些，大部分是已經能說能寫德文的德國後裔。學校除了教育我們德語和德國文學以外，還重視培養我們對德國文化的深入瞭解，幾乎每隔一天晚上便替我們買了票，讓我們去聽歌劇、或者看舞台戲劇；每個月必安排時間，讓我們去做十幾天的文化旅遊。在德國教授的領導之下，我們一班同學坐著遊覽車到各名勝地去考察那裡的建築物及歷史背景。三年下來，我們的足跡踏遍德、奧兩國的大城小鎮。當然，每逢假期，我也跟同學們到西歐別的名城勝地去旅遊。

一九六〇年代初期的西德，東方女孩子極少，我走在街上，常有德國男士在我身旁叫：

「蘇西黃!蘇西黃!」(因好萊塢剛拍了一部中、西愛情電影,風靡一時,劇中的香港女子就叫蘇西黃,Susie Wong)。這些呼喊令我想起父親的經歷,他在一九二〇年代留學德國,常被一群小男孩跟著後面喊:「青、鐘、張、中國匠!」。由此可見時代的改變。

這樣,我憑著旺盛的生命力和「初生之犢不畏虎」的膽子,在歐洲一股勁地活人生,做了許多冒險的事情,也蒐集了許多多姿多彩的美麗經驗。

拿到「德語教師」的文憑後,我要回香港了。雖然我愛上了歐洲,但我仍然拒絕了德國工業大學校長給我的另一個進修獎學金,因我要利用回香港的機會,擺脫那個纏著我不放的德國男朋友。那次的經驗是個好的反面教育;日後,凡是遇到與他稍微相似的男人,我皆退避三舍。

學校替我買回程票,問我:「妳要坐飛機回去,還是坐郵輪?」我毫不考慮地回答:「郵輪!」

在義大利的郵輪上,我遇到外表與性格都是紳士的奧維。那豈不是命運的安排嗎?

飛到柏克萊的精神筵席去

一九六〇年代後期,年輕的我有幸在美國加州柏克萊大學(Berkeley)的研究所念書、做過研究中國的專員，那段時光是我記憶袋子裡最閃亮的一顆鑽石。原因是，那個時代柏克萊大學的研究院是一席光芒四射的精神筵席，能在那一刻、那一時成為這精神筵席的座上客，是我永遠感到驕傲的。

我從德國回到香港，做了一年多的事情，又要往前飛了。

我跟我的父親說：「爸，我在香港不快樂。我現在手邊已經積蓄了一點錢，可以到美國去修碩士學位了。」

父親一點也不自私，只為女兒的快樂著想，立刻贊成：「對的！妳到美國去。對妳來說，香港是太小呢！」只是，當我走後，他對母親說他覺得好寂寞！

當時，對美國別的學校我都不感興趣。在我的心目中，只存在著一間大學：柏克萊加州大學，我就是要到那裡去。

加州大學一共有十個不同的校園，分布加州各地。其中以柏克萊享譽世界，是當年被選為美國十大名校的第一名，學術精華的集中地，又是當年學生運動的發源地。柏克萊對研究生的錄取非常嚴格，每一百個申請者中只挑選成績最優秀的前六名。故此，當年就讀柏克萊研究所的學生總是很自負地把自己介紹為：「我是來自柏克萊的！」別的校園的學生則以「我是加州大學的」自稱。

一九六六年的春天，我拿著獎學金，走進柏克萊校園，立刻被校園裡那生氣勃勃、風華洋溢的氣氛迷住。我覺得，自己走進了一所輝煌的殿堂，殿堂的中間是一席光芒四射的精神筵席：學問、智慧、才華、青春、希望、生氣、活力、氣魄等都在那上面，隨我享用。在柏克萊的四載，是我做飛鳥飛得最開心、最自由自在的時光，猶如一隻飛鷹，展開平衡的雙翼，在空中翱翔。

有朋友說，那樣一個近乎真、善、美的學術世界只能存在於象牙塔裡。這句話不無真理。柏克萊的那一席精神盛筵尚未受到日後出到社會去的野心、競爭、嫉妒、壓力的細菌污染。很多年以後，我見到當日在柏克萊認識的好幾位德國朋友，他們都已經成為聲名赫赫的大法律教授、大律師、大法官，但大家都異口同聲地說，在柏克萊的那段日子是我們最快樂的時光。

柏克萊四載的精神盛筵，不但給我留下光輝如鑽石般的回憶，而且送了我一條終身有用的金鑰匙，使我日後知道怎樣獨立地追求學問，解決學術問題。

在那段最快樂的日子裡，我曾做過一個很美麗，又很奇怪的夢。夢中，我在藍色的天空中飛翔著，飛在綠野之上、飛過群山之嶺；那種飛的欣喜極樂、那種飛的美麗感覺，只有真正在夢中飛翔過的人才能領會到。我在極樂中飛呀飛的；忽然，我發覺我已不再在藍色的天空上了，而是在灰色的海洋深處，但我仍然覺得自己是在海水裡飛著，只是進度慢了很多，前面有三頭活生生的大象，慢條斯理地朝著我游過來。此時，我從夢中醒來，夢境猶在腦際，覺得好奇怪：我怎麼能夠在海水裡飛行？海洋裡又怎麼會有大象呢？

今日想起當年的夢，有這感覺：我的第六感早已經在我很年輕的時候預告，我在很多年以後，會遇到很大的考驗，有很大的困難障礙要我克服；那三頭巨象是個象徵。我今天在丹麥所要克服的困難不就是那三頭在海洋裡阻擋我往前飛的大象嗎？

中西文化結合

當年，我決定在丹麥與奧維結婚，母親不贊成，父親則完全贊同。他們兩人的贊成和不贊成都是從文化的觀點出發。

我的母親在生活習慣、語言、思想各方面都是典型的中國化。她不吃洋餐，不講外國話，最怕跟外國人打交道。她從自己的文化角度來瞻望女兒在丹麥的前途：好恐怖！朝夕與外國人相處同居，終年活在陌生的習俗中，天天吃味道稀奇古怪的洋食！那樣的婚姻怎麼會長久！

我的父親曾在德國和奧地利留學八年，都是住在外國人的家裡。而且，他曾有一個漂亮的維也納女朋友，兩人相戀兩年。父親回國後向他的父親表示，他有意娶那個奧地利女子為妻，受到極大的反對。八年後，父親重返歐洲旅遊，途經維也納，還特別到往昔戀人的故居去叩門，女友的母親尚住在那裡，但愛人已嫁，隨夫遷往捷克。次年，父親便與母親結婚。由於他自己年輕時代的經驗，父親絕對不反對我跟外國人結婚。而且，父親瞭解我的性格，知道他的這個女兒適合在外國生活。

在丹麥結婚的時候，我清楚意識到與奧維的結合也是一種文化結合，而且有了做文化適應的心理準備，因為是我自願到丹麥生活，而不是奧維遷到中國去過活。

對我來說，文化的結合有實際性和精神性的兩大重點。實際性是日常的吃食習慣；精神性是思想的交融。

我到丹麥的時候，對西洋飲食已經不是個陌生人。我從小在家裡便有吃外國乾乳酪、喝咖啡、吃烤麵包等的習慣。在香港的時候，父親常帶我們小孩子到西式餐館去吃西餐。後來，我自己在德國和美國念書，住的是國際學生宿舍，如同旅館，一天三頓都吃洋餐。但，在丹麥結婚後，是我人生第一次進廚房燒菜。幸運的是，我有一位很會做菜的公公。於是，我跟他學做丹麥菜，在家裡也一直以吃丹麥菜為主。

丹麥人的飲食傳統跟德國人相似，一天兩頓的主食：一頓冷的，一頓熱的；但次序倒過來。德國人的傳統是中午吃一頓豐富的熱餐，晚餐則簡簡單單的吃黑麵包、乳酪、冷香腸等。當年我在德國時，總認為晚上那樣吃是跟肚子過不去，冬天寒夜更有飢寒交迫的難受感。所以，我很高興，丹麥人習慣中午吃冷的開口三明治（Smørrebrød），晚上吃熱餐。

開口三明治是丹麥人的名菜，與英國人、美國人的三明治迴然不同。原則是在一片黑麵包的上面放肉、香腸、魚、蝦等肉品，然後按肉類的不同加上不同的配菜，上面不再放麵包片，故有「開口」之稱，吃的時候使用刀叉。講究起來，開口三明治是一門相當複雜的藝術烹飪，有過百種不同的配合款式和規矩。黑麵包是由裸麥做成，口感比白麵包硬，帶酸味。丹麥人吃這種黑麵包已經有一千年的歷史；他們從小至大每天都吃黑麵包，離家遠行，最想念的家鄉菜也就是它。

丹麥人是一個吃豬肉的民族，日常的菜餚大都以豬肉為主料，做法各式各樣，搭配著馬鈴薯來吃（有的丹麥人是連米飯都吃不來的）。丹麥菜最優美的一點是，每頓的主菜餚必有一盤濃度適中、味道精美的熱肉汁。肉汁由肉的原汁加上奶油、麵粉、調味品、配色料等慢火煮成，淋在肉上。

丹麥人的傳統是，聖誕節吃烤豬肉（flæskesteg）或烤鴨，除夕吃鱈魚。

若要我選一個最值得一試的丹麥菜，我會選烤豬肉。這個丹麥菜餚，我也擔保，中國人會喜歡吃。它的做法其實也滿簡單。烤豬肉的原肉在丹麥的超級市場都可以買得到，原裝包好，每包的重量約為一公斤。肉是豬里肌，帶著豬皮。皮上已預先割好了一條、一條的裂紋。祕訣是：整塊豬肉皮朝上肉在下放在水裡，水只蓋住皮，水裡放數顆甜的黑棗（準備做肉汁之用），在烤爐中烤二十分鐘，拿出來在煮軟了的豬皮上抹上粗鹽，放回烤爐裡繼續烤，一個半鐘頭之後，豬皮會鬆爆起來，呈金黃色，質鬆脆。此時，肉已烤好，取出靜置二十分鐘便可切片進食。配菜是味甜的紅捲心菜。如果把已經煮熟的馬鈴薯用糖與黃油再煎一下，更好吃。當然，一盤熱的肉汁是不可或缺的。

奧維和我也吃中國菜，大約每星期一次。我的丹麥菜做得不錯，中國菜則平平；可是，奧維偏愛吃我做的變相中國菜。

奧維跟著我第一次返港探親，多次被邀請到大酒樓去吃酒席菜。十幾道菜分開上，一道吃幾口。事後，奧維坦白地對我說：「這樣的菜我吃不來，光是肉，味道濃，沒有飯，沒有汁！還是妳做的中國菜好吃。」

我笑著答：「中國人才不會喜歡吃我的中國菜。」

我曾嘗試用麻油、蠔油、五香等調味品做菜給奧維吃，他都不喜歡。可是，他卻跟我學會了吃辣椒，越辣越好。我們在家裡吃中國菜必有辣椒醬作陪。

丹麥人素來喜歡在家裡請客，認為那才意義隆重。新婚時期我遵守這傳統，被別人請過了，便在家裡自己做中國菜回敬。但我只做咕嚕肉、炒飯、青椒炒雞丁這幾道菜，再預先到附近的中國餐館去買些春捲回來助陣。這幾道簡單的菜最適合丹麥人的口味，所以很討好。我竟然在奧維的朋友圈子裡面得了「好廚子」的名聲。

後來，我偶然發現，在一個湖邊開了一家很特別的中國餐館。它的室內布置別開生面，帶有法國氣氛，牆壁上掛的均是抽象派的西洋油畫。我非常欣賞這家中國餐館。從此以後，請客都到那裡去，預先跟老闆訂好菜單，準備好優美的葡萄酒，但中餐西吃，使用長方型桌子，擺放洋餐具，不用碗筷。

在思想方面，奧維與我有一個和諧的世界。我們兩人對歷史的濃厚興趣就是這個思想世界的入門處。

奧維不是因為仰慕中國文化才找個中國太太。他跟我結婚的時候對中國文化的知識微薄。因為我，他開始看有關中國歷史的書；凡是述及中國歷史的電視影片，他必很感興趣地看。由於對中國歷史的瞭解，他看中國文化的角度變得既積極且有深度；他對中國的古文化也產生了尊敬和仰慕。跟他的丹麥朋友和親戚比較起來，他是個中國通了。

我嗎？我在丹麥得到的文化收穫很豐富。北歐的古代神話和宇宙觀、北歐人的祖先維京人的歷史把我帶進一個宏觀的世界，認為比荷馬史詩裡所形容的人類黎明時代的世界更戲劇化，更迷人。

在丹麥，我很偶然地與國際知名的丹麥女作家——嘉倫・璧森（Karen Blixen）的作品邂逅。從而對她那些充滿神祕氣氛、富有人生智慧的不朽故事產生一片癡情；她也成為我此生最欣賞、最仰慕的西洋女作家。

奧維和我每次駕車漫遊歐洲，必途經有歷史性的地方，在那裡停留瞻仰。尤其是與二次大戰有關的地方，我們更不願意錯過，如諾曼第戰場、阿登戰役（The Battle of the Bulge）的山林古戰場、二次大戰美國名將巴頓（Patton）的行軍路線。這些重溫歷史的旅遊給我們留下了不能忘懷的記憶，是我們珍惜的精神寶藏，常常拿出來回味。

奧維與我的中西文化結合大大豐富了我們的人生。能同時活在不同的文化裡是人生的特權。

反映婚姻的搬家史

講到搬家，奧維和我的婚姻可以說是一部搬家史，因為我們結婚後曾多次搬家，每一個新家都反映我們兩人婚姻的成長狀態，以及我自己的心態適應。從最初「去還是留」的矛盾到後來完全的融入是一段很長的心理適應路程，得慢慢道來。

先講我們的第一個家，住在那裡的三年是我們婚姻受到最大考驗的階段。

我們的第一個家是在奧維出生和成長的家鄉，埃爾西諾城的一個郊區，地名叫埃斯佩格（Espergaerde）。該處緊靠大森林、面對海峽，風景優美，在過去是個小漁村。當漁民消聲匿跡後，地方曾一度變得荒蕪，無人居住。一九七〇年代城市化的腳步開始到達埃斯佩格，一棟又一棟的現代化建築物相繼出現。這時正是我們婚姻開始的時候，於是奧維在新建的樓房中租了一間公寓，地方寬闊，有客廳、餐廳、兩間臥室，現代化的浴室和廚房。

居住的地方雖然漂亮，周遭的環境雖然優美，我還是覺得處處不習慣。婚前和婚後的生活方式變遷太大：從陽光明媚的美國加州來到嚴寒灰暗的丹麥，從文化光芒燦爛如鑽石般的柏克萊大學校園移居於靜如止水的丹麥海濱小鎮，從活躍多姿的學府生涯驟然進入家庭主婦的小生活圈子，過著絕對靜態的生活。我的世界猝然變了色。

當奧維每天開車上班後，我一個人安靜的留在家裡，總被一種失落感困擾著，覺得自己彷彿是一隻在空中飛翔的鳥兒，突然從長空鑽進了一個小籠。這就是我自願選擇的天地嗎？籠子的門是敞開的，飛走嗎？為愛情的飼料留在籠子裡嗎？

去還是留？那是每天在我腦子裡來回打轉的問題。

在這段與困惑、矛盾為伴的日子裡，我彷彿是一顆飄落土地上的小種子，在凜冽的風中飄搖掙扎，但不知不覺中已經發芽生根，一條幼小的根苗往土壤底下伸去。那是因為我下意識找到了解脫的辦法：讓我的精神在另外一個領域飛騰雲遊。我開始寫作。

我利用在家裡的空閒時間從事英文寫作，其中最引起丹麥媒體注意的是一篇有關中國近代史的客觀分析論文，被丹麥最大的報紙翻譯成丹麥文，結集出版。這件事給了我很大的鼓勵，繼續朝新的方向發展。我的第一本英文小說也在這段日子裡完成。

同時，一向愛動愛玩的我也蛻變成一條書蟲，養成了我一生每天必看書、什麼題材的書都看的習慣。那些年月，我看的盡是英文書，因為在丹麥買不到中文書；但在哥本哈根的大書店裡，最新出版的、最暢銷的英文書均有出售。我每次到哥本哈根，必買幾本帶回家。我也常到圖書館去借書，丹麥所有的圖書館裡都可借到任何的英文書。這樣，寫作和書本替我打開了一個新的天地。那條註定在我生命中出現的寫作之河開始了，從此一灣接一灣地往前流去。

另外，對我們剛剛萌芽的婚姻幫助極大的是我的丹麥公公和婆婆。從我一踏足丹麥的那一天開始，他們兩位便向我張開愛護和保護的雙臂，出盡一切力量，讓我這個來自異域的媳婦能夠在丹麥過得平安舒服，稱心如意。但他們從來不干涉我的私人生活，永遠不批評我的作為。

尤其是我的丹麥公公，把我這個中國媳婦當作天邊的月亮那樣捧著。「艾莎是沒有錯的！」他常這樣說（艾莎是我的英文名，公婆皆如此稱呼我）；就是我的短處，在他眼中也能變成優點。他本是一個坐辦公室的人，卻像一般的丹麥男人，有一雙極為能幹的手。當他知道我愛寫作、愛看書，又是自小在有傭人照顧的家庭長大，對做家事不熟悉，他便自動上門替我清潔屋子，讓我能專心去做我喜歡做的事情。他還跟別人說：「幫艾莎做事情是最舒服的！」

丹麥的父母沒有跟結了婚的兒子和媳婦同居一屋的習慣。幸運的是，公婆的家離我們的住處很近，只需十分鐘車程。每逢星期六他們便到我們家來，我的公公脫下外套，捲起袖子，就開始吸塵、抹窗、清潔浴室、有什麼壞了的東西隨手修理好。這一切都做好了，他才坐下來跟我們一起吃晚餐。當奧維和我從外國度假回來，開門入室，總是一個打掃得窗明几淨的屋子在迎接我們，這是公公歡迎我們回家的禮物。

更難得可貴的是，我的公公給予我莫大的心理安全感。對外人來說，他是一個儀態威風凜凜的男士，令人對他肅然起敬。每當我遇到可能發生不愉快的事情的時候，只要我的公公挺身而出，一切困難迎刃而解；每當身處困窘的境地，只要他怒目一視，連最有威脅性的騷擾都會頓時退步逃遁。我新來乍到一個百事生疏的社會，能夠有這樣一位處處保護我、事事維護我的長輩，使我能放膽地在陌生的環境中大步往前；因我知道，無論碰到任何危險和障礙，總會有人替我擋住危險，替我鏟除障礙。

婆媳不和是婚姻的普通現象，沒有國界之分。這方面我又很幸運，我的洋婆婆跟我的關係如同一對談得來的女性朋友。她習慣對別人這樣形容我：「艾莎跟我是一樣的。」這句話滿有道理：她喜歡繪畫，我喜歡寫作；她喜歡跳舞，我也喜歡跳舞；她愛打扮，一早起來必先化妝，我也有同樣的習慣。

她白天一個人在家，於是我常在下午去看她。她為我準備一壺濃香撲鼻的咖啡和特別的點心，兩人坐下來聊天。她喜歡告訴我她年輕時候的夢想、她人生的遺憾、甚至她在結婚前的羅曼蒂克際遇。我的洋婆婆完全不懂英文，我們只好用丹麥語交談，那時我的丹麥語會話程度尚差。雖然如此，我們並沒有溝通的困難，話講得投機，彼此完全瞭解。每當收音機放出適合跳舞的音樂，我們婆媳兩人便翩然起舞，隨著旋律在客廳裡跳慢三步或慢四步的交際舞，自有一番陶醉之感。

我的洋婆婆相貌美麗，態度和藹可親。當她盛裝華服去參加親友的宴會，常常會有年紀比較大的男士前來稱讚她：「夫人，妳真美！」

「啊，我的媳婦更美！」我婆婆的臉上綻放出溫柔的笑容，指著站在她身邊的我，大方地說。

當然，我之不能立心飛走終是與奧維有關。我捨不得他、也不願辜負他對我的愛。我用了五年的時間，從許多追求者中挑選他成為我的配偶。我沒有嫁給錢財大富，我沒有選擇才華四溢的精英，我沒跟隨霸道的激情；我情有獨鍾於奧維的高尚人格。我深知，像他這樣性情四平八穩、耐心有恆、謙和大量的男人，最適合做我的終生伴侶。

經過三年的婚姻，我深深體會到，奧維果然是上天賜給我的理想伴侶：他能夠完全接納我，從無批評，只有讚賞；從無責備，只有體貼。他對我的愛是無條件的。無論我做什麼，他會全力支持我，為我的成功而驕傲，為我的失望而心痛。無論發生什麼事情，他永遠在旁照應扶助；無論我到哪裡，他會永遠等著我。

在婚姻考驗最大的三年裡，我的寫作、我公公和婆婆對我的愛護和保護、奧維對我無條件的愛有如三條柔韌的根子，在土壤下牽著拉著，使得那顆曾在風中搖搖蕩蕩的矛盾小種子終於安定下來。

家住灰色兄弟廣場

奧維和我結婚後的第二個家坐落在哥本哈根城中心的一個廣場上。廣場的丹麥文名字叫Gråbrødre Torv是「灰色兄弟廣場」的意思。那是一個氣氛非常特別的地方。

奧維明瞭我內心的矛盾和困惑，由此他知道搬到哥本哈根去住是令我習慣丹麥生活很重要的一步。於是一直朝這方向努力。

一天，他從哥本哈根下班回來，把我抱在他懷裡，開心地說：「我們可以搬到哥本哈根去了！」

「真的！」我精神一振，趕緊問：「搬到哥本哈根哪裡？」

「唔！灰色兄弟廣場！」他故意在語氣中加點神祕，然後繼續跟我說：「翰森跟我今天看中了廣場上的一棟老屋子，準備買下來，把四層樓全部改修成現代化公寓，分層賣出去，這是一項好的投資。我想，我們可以把其中的一層買下來自己用。怎麼樣？」

「好呀！好呀！」我立即贊同。「我明天跟你到哥本哈根去看地方。」

奧維和他的兩個同事組成了一間投資公司。那時，他們都是三十多歲的年輕男子，雄心勃勃，準備自己創業幹一番，籌足資本，物色機會投資，看到哪方面有好的前途便向哪方面發展。我自己對做生意、做投資毫無興趣；那是奧維的領域，我對他的能力有信心，因此對他和朋友們的投資事業從不過問細節。這成了我們婚姻中的默契：我專心致力於我的寫作；他有絕對的自由做他的投資事業，只有當他向我徵求意見的時候，我才出主意。

「灰色兄弟廣場」大大地挑動了我的好奇心。圍立在廣場三面的屋子都是四層樓高的屋宇，高度相仿，建築的古老型式大致一樣，每棟屋子的顏色都不相同：有朱紅色、棗紅色、桃紅色、杏黃色、蘋果綠等等。更特別的是，有的屋子是上下不同顏色：最底下那層塗的是深灰色、上面各層則是淺黃色；下頭的是棕褐色、上頭的均為鮮黃色；也有淺綠色的底層配上粉紅色的上層……

這些色彩繽紛的古老屋子，把多種不同的顏色擠在一處，卻沒有產生刺眼的現象，也沒有一點庸俗氣，反而使我覺得它們充滿神祕感，好像一群活了幾百年的男男女女，戴上鮮豔的面具，把蒼老的面孔遮掩著。在面具的後面，他們用飽經世故的眼睛窺視現世人，帶著幾分悲愴的神情、也帶著幾分嘲笑。廣場上有兩棵老梧桐樹，分立廣場兩端，枝豐葉茂，只需看它們粗壯彎曲的樹幹，便不難知道它們是廣場上年歲久遠、觀盡人世滄桑的老居民。

於是，我做了一點歷史研究。

果然，灰色兄弟廣場有一段滄海桑田的不平凡歷史。早在十三世紀初，方濟各修道會在那裡建造了一座龐大的修道院，方濟各會修士是以灰色長袍為制服的僧侶，故有灰色兄弟之稱。他們發誓終生守貧窮，在修道院裡過著苦行僧的貧寒生活。平平靜靜的，三百年的光陰過去了，修道院的壽命走到終點，整個寺院的建築物在十六世紀中期被拆除。龐大的修道院從地面消失；灰色兄弟們的蹤影不再在那裡出現。

大約一百年之後，一座華麗的莊園在修道院的廢墟中興起。那是當年丹麥朝廷的一位貴族高官的官邸，笙歌繁華代替了往昔灰色兄弟的貧寒生活方式。可惜好景不常，那位貴族攬權過大，招惹嫉妒。一場政權爭奪，他被判處賣國罪，逃亡外國，貧窘而逝。他在丹麥的財產被全部沒收，廣場上的豪華大宅被拆毀。

繁華走了以後，平民開始在廣場上建造他們的屋子，好些藝術家都搬到那裡去。但災禍捲土重來，一七二八年哥本哈根發生大火，灰色兄弟廣場上的屋子被燒得七零八落，又得一切重建。今日廣場上五顏六色的屋子都是那個時代留下來的建築物；灰色兄弟廣場也從此定名。

一九六八年，丹麥市政府宣布把哥本哈根城中心的一些地帶改為不准車輛通行的步行區，灰色兄弟廣場被包括其中。廣場上的十餘棟樓宇都是有一、兩百年的屋齡，市政府決定保存它們的歷史價值，只准許新屋主把屋子內部改修為現代住宅，屋子的外型和顏色則絕對不能有所更改，修繕時要忠於屋子外頭的原來色澤，重新粉刷一新。

這一來，灰色兄弟廣場重新獲得了新生命。殘舊老屋換上嶄新的顏色，好像從睡夢中清醒過來，精神抖擻。此時，時髦的餐館紛紛遷到廣場上營業。灰色兄弟廣場的氣象一新，成為吸引人的亮點。

奧維請了幾間不同的專業公司來改建我們買下的老屋子內部、裝置摩登浴室和廚房。我的公公也因此提早退休，每天早上跟著開車上班的奧維一起到哥本哈根，自己留在灰色兄弟廣場的老屋內監工督導，等到奧維下班時接他回來。

經過一年時間的大興土木，一九七四年夏天，奧維和我遷居灰色兄弟廣場。公寓就在下面是深灰色、上面是淺黃色的那一棟的二樓。

成為灰色兄弟廣場的居民後，我有機會日夜觀察廣場，竟被它迷住了。我的書桌對著窗子，梧桐樹的扶疏綠蔭就在眼前，可見到鴿子們在梧桐樹的枝椏間咕咕聲地走動，忙著嬉戲調情。廣場上，人們坐在露天咖啡座與友人共享偷得半日閒之樂；有的隨意坐在地上，逍遙自在地享受陽光。好一幅閒情逸致的浮生寫照。

但是，深夜的廣場比白日的廣場更令我浮想聯翩，給我帶來許多寫作的靈感。在風雪交加的寒夜，廣場上寂寥無人，路燈光線迷濛，兩棵老梧桐樹的樹枝在風中晃悠，給空寂的廣場撒上搖搖曳曳的黑影，有如鬼影幢幢。我的幻想仿如一個滾動的輪子，時間飛快倒退，眼前的廣場搖身一變而為數百年前的修道院，我恍惚見到灰色兄弟的影子在廣場上來回移動。

「啊！在風嘯雪嚎的晚上，這些僧人還冒著風雪在外面走動！他們在忙些什麼？」我的幻想輪子在滾動：「對了，寺院下面一定會有祕密甬道和密室，他們準定是趕到地下密室去。呃！他們在密室裡幹些什麼密謀詭計！」

這些浮思幻想在我的腦子裡構成一篇又一篇的奇異故事，被我搬進書頁裡，成為我的英文奇異故事短篇小說。那個每天都坐在梧桐樹下、半睡半醒的醉酒漢也躍進我的一篇小說，扮演故事中命運離奇周折的主人翁。

正如奧維所預料，搬到哥本哈根對我的心情大有幫助，對他自己也有好處。他不再需要每天早起晚歸，先駕車一小時上班，然後再花費一個小時駕車回家。一天省下兩個鐘頭的時間，讓我們享受生活。

我們都很喜歡哥本哈根這個城市，人口不密集、整潔有序、文化水準高、富有悠閒氣氛、又帶著國際色調，這些都是我欣賞她的條件。現在奧維回家的時間早了，我們便常常到附近情調雅致的小餐館去用晚餐，然後手牽手地沿著步行街散步回家，別有一番浪漫情趣。

出名的步行街離我們的家近得很，從灰色兄弟廣場的一個石拱門穿出去，便到了步行街的中段。這條步行街的街道不寬，但相當長，蜿蜒越過城市的整個中心。街道兩旁林立著櫥窗陳設藝術化的商店和戶外咖啡座，路旁也有專為過路人歇腳設置的長椅子。

奧維和我在步行街上找到一種新的消遣方式。在天氣好的夏日，我們喜歡在那裡的長椅坐上兩、三個鐘頭，瀏覽那些漫步而過的人群：各色各樣的人、各式各樣的衣著、各式各樣的身材、千姿百態的走路姿勢。

「人間百態都在這裡，比看一場好戲更精彩！」奧維說。

有一次，一位美國朋友來到哥本哈根，我們提議帶他到步行街上去坐坐，觀看街上的行人百態，可以對丹麥人有一個輪廓概念。

那位美國人面露驚色地說：「坐在街上！那不是太危險了嗎？」

「一點危險也沒有！」我安慰他。「這是奧維和我夏天樂此不倦的消遣，享受得很。」

搬到哥本哈根後，還有一件事是令我非常開心。我交了一些談得來的朋友。

當時，灰色兄弟廣場一邊有數間屋子全屬於哥本哈根大學，北歐五國的東亞學院就設在那裡（多年後學院的地址他遷）。

我搬進新居後不久的一天，一個人坐在廣場的一家露天咖啡座，獨享一杯咖啡。正在沉思中，忽見有幾本中文書降落到桌子上。驚訝抬頭一看，桌旁站著一位面目和善、笑容和藹的歐洲紳士，中文書本是他放下來的。他用英文打招呼：「我可以坐下來嗎？」

交談中，他自我介紹是東亞學院的院長及教授，我笑起來，說：「真巧，我是你的新鄰居。我就住在東亞學院的對面。」

就這樣，我認識了從瑞典來的歐納夫教授，成為談得投契的好朋友，而且在學術研究上也曾多次合作。與歐納夫教授的友誼把我帶進了東亞學院，在那裡結交了好些朋友。學院下班後，我們習慣一夥人集中在一間就近火車站的露天咖啡座，那裡有長桌子，可以坐得下十來個人。我們談談笑笑，輕鬆愉快的度過一個鐘頭，便各自回家去。

家住灰色兄弟廣場替奧維和我的婚姻打開了一個新的洞天，我們兩夫妻的生活過得寫意；但是，我對丹麥的情誼仍然停留在邊緣性的客觀欣賞，還沒有達到完全融入的程度。

掌握語言是投入任何社會的開門鑰匙。我當時對丹麥文的興趣淡薄，無心在上面認真下工夫，只停留在膚淺的程度。仍然自己用英文寫作，每天看英文書，甚至連思想都潛意識的改用了英文。奧維的英語流利，發音的準確與優美猶勝普通一般的英國人。我們以前是用英文談戀愛的；很自然的，英文成了我們兩人婚姻中的共同語言。

我跟那群在東亞學院結交的朋友，討論、談笑全用英語。這本是正常的現象，因為學院的學術語言是英文：講課、演講、寫畢業論文、出版書籍均用英文。但細看我最要好的幾位朋友的背景，我對柏克萊那段過去的懷念尚處在藕斷絲連的狀態。

歐納夫教授是瑞典人，在美國加州大學修得博士學位，我和他可說是同校而不同校園的先後同學。另外一位丹麥籍漢學男教授跟我一樣，是加州柏克萊校園出來的。年輕的安妮是美籍華人，本也就讀於加州柏克萊大學，時間比我晚，她與丹麥人結婚來到丹麥，在東亞學院進修博士學位，但去志已定，不久即將返回美國。黛安娜是道地的美國人，來自加州，她跟隨派駐丹麥的美國外交官丈夫來到哥本哈根，閒來無事，到東亞學院修些中文課程，只是一隻過路鳥，不會長留此地。

從事後的角度來看當年。我洞悉到，自己是籍著這些具有共同背景的朋友，下意識地把柏克萊的過去牽拉著，不願放手讓它消逝，正像一個臍帶尚未切斷的嬰兒。過去的臍帶不斷，剛落地的嬰兒怎能開始新生命？

西班牙月夜的啟示

在灰色兄弟廣場上居住的年頭裡，「搬到外國去住」的念頭不時飄現在奧維和我的腦子裡。有的時候，我們在閒談中也會把這忽隱忽現的念頭從腦際採摘出來，把之當作玩笑，像打乒乓球那樣在我們的嘴邊拋來擲去。

「我們搬到美國的佛羅里達州去，在海灘旁邊買一幢屋子。」我把乒乓球開過去。

「搬到德國的柏林去也不錯呀。柏林是個文化名城。你和我都懂德文，住在那裡沒問題。」奧維把球打回來。

「不如搬到溫哥華，聽說加拿大的不列顛哥倫比亞省的風景挺好，我們可以開車子到處去玩。」我又發出一球。

「呵！呵！呵！」他朗聲大笑起來。「我看，還是搬到瑞士最好。我們買一間湖畔旅館，自己做主人，住在旅館頂層，不用燒飯做菜，不用打掃房間，那才好呢！」

西班牙！搬到西班牙去住，我們倒是想也沒想過。而，西班牙卻乘隙突圍，成為我們第三個家。

一九七〇年代的西班牙，地產便宜、物價低廉、稅收不高，再加上它的陽光充沛和氣候溫暖，成為北歐人嚮往的退休地；於是，到西班牙的海濱地帶置屋終年長居成為一時風尚。西班牙海岸地帶的土地開發業因此熱鬧起來，專門吸引外國退休人士的漂亮洋房像雨後春筍般在海邊蓬勃興起。

奧維的公司也因此得到一個機會，與挪威的一家土地開發公司合作，到西班牙東部阿爾特亞（Altea）發展地產投資生意。阿爾特亞本是一個蹲在「白色海岸」（Costa Blanca）的小漁村，介於瓦倫西亞（Valencia）與阿利坎特（Alicante）兩大城市之間。因它具有美麗姿色的本錢，已從昔日的小漁村逐漸發展成一個小有名氣的城鎮，常被稱譽為畫家之城。

奧維把事情向我解釋清楚，徵求我的意見：「我們得好好考慮這回事，要不要到西班牙去住一段時間。聽人說阿爾特亞的景色異常的美，好些藝術家都選擇那裡為家。我就想到妳，妳現在不是開始寫一部英文長篇小說嗎？我相信那裡的環境更適合妳的寫作。對我自己來說，我不介意在西班牙工作。」他給我一個吻，握住我的雙手，再說：「決定權在妳的手裡。妳說去，我們就去，妳說不去，我們就不去。妳要知道，我所做的一切都是為妳而做。」

奧維的建議喚回了我對西班牙的一段陳舊戀情。我本性好冒險，當我很年輕的時候在德國留學，曾到西班牙做過一次冒險式的旅遊。那時，錢包裡僅帶著有限的現金，無牽無掛地和朋友從德國出發到西班牙，駕著車子莽莽撞撞地攀越過西班牙內陸的荒山野嶺到馬德里去，回程時又闖闖蕩蕩地繞道普通一般遊人足跡不到的窮鄉僻壤。在莽撞中安全度過許多驚險，在闖蕩中碰到許多奇遇，還跟本地西班牙人學會了怎樣跳激情的佛拉明哥舞，學懂了看鬥牛的基本規則。那次的冒險之旅使我對西班牙產生一段迷戀之情。

我心動了。何不再到西班牙冒險一次！海明威早期的幾本小說不都是在西班牙完成的嗎？當然，我們事先到阿爾特亞去了一趟，看看當地的實情。奧維的幾位同事也同行。

阿爾特亞的市長荷西先生親自接待我們。他是一位典型的西班牙紳士，對女貴賓們行西班牙傳統的朝廷吻手禮，左手往後一揚，前身跟著彎下來，右手握起女士的玉手，低頭示意吻手。他是當地的地主，並且已經在景色最媚人的地點建造了梯級式的美麗洋房。

荷西先生完全不會說英文，幸好他身邊帶了位略懂英語的男祕書。他們帶領我們去看洋房公寓。到了最頂層的那一間，我一進門便眼睛一亮。一道螺旋形的樓梯，輕輕盈盈地從客廳旋轉到樓上。客廳的兩大片落地玻璃長窗外是一個廣闊的陽台，四周圍繞著鮮豔的紅花朵。走出陽台，放眼望去，湛藍的海與碧藍的天接連交融；海灣的中心，豎起兩塊形態優雅的巨石，猶如一對山盟海誓、長相廝守的情侶在海中依偎著，情話綿綿。我不由自主地輕呼一聲：「哇！好美！」從陽台往下看，兩個波澄水清的游泳池躺在雪白的沙灘旁邊，我又忍不住再說一聲：

「好漂亮的的游泳池！我可以天天游泳！」

我連續兩聲的讚美把事情決定了。奧維見我如此欣賞那地方，毫不猶疑地向荷西先生表示，我們要把那間公寓買下。

荷西先生不愧為一位有生意頭腦的人，他讓他的太太開了一家室內設計公司，向外國住客提供服務，也一併出售上流的西班牙家具。我們也就光顧荷西太太的商店，替客廳、臥室、客房等選購了家具和用具，然後由荷西先生叫他手下的員工替我們把室內的一切弄好，待我們在三個月後遷入。

一九七六年的六月，我們駕車離開丹麥，遷到西班牙的阿爾特亞。

這次的搬遷簡單得很。我們託出租公司把灰色兄弟廣場上的公寓連同所有的家具一起租出去，將來再做出賣的打算。西班牙那邊亦已一切就緒。所以，除了一些零碎的東西要隨車帶下去，我們沒有重大行李需要長途搬運。

但有一件至寶是我們無論如何都要帶下去的：我們的愛貓。這隻貓兒是奧維在婚後第二年送給我的禮物。牠是一隻出身貓族名門的波斯貓，有顯赫的族譜，母親曾在國際貓展中當選為「丹麥小姐」。貓兒在族譜上的名字是一長串的波斯文，發音困難，我們乾脆把牠喊做「貓咪」。貓兒也知道牠的名字叫「貓咪」，喚之即來。

貓咪成為我們家的成員之時僅有九個星期的歲數，小小的一團。四年後，牠長得肥壯如一頭小獅子，也從雄性變成中性。在我們的眼中，牠是世界上最漂亮、最聰明的貓，一身粉紅色的長毛，柔軟如絲；一雙金色的大眼睛，可愛又懂人意；一張粉紅色的小嘴巴，能發出各種不同的聲音來表達牠不同的情緒。

要帶貓咪到外國倒有一番準備工作要做。我們拿著牠的照片，到西班牙領事館替牠申請一張入境許可證；又帶牠到獸醫處打針拿防疫證，不然將來返回丹麥時不准入境。我又到超級市場買了幾打瓶裝嬰兒果泥。貓咪從小拒絕吃罐頭貓食；牠是吃煎豬排和雞胸肉長大的。我用兩種嬰兒果泥與切成小片的肉拌起來餵牠，成為牠最愛吃的主食；每次吃完，牠必跑到我跟前道謝，小舌頭不停地舔牠的頸毛表示牠對食物的滿意。我擔心到了阿爾特亞小鎮會買不到貓咪喜歡吃的嬰兒果泥，於是預先大量購入，以備萬一。

沿途南下，貓咪獲得許多陌生者的讚美。到了德國邊境，夜色已深，我們要投旅館過夜。那是一家相當高尚的旅店，於是奧維先進去詢問，他們介不介意我們帶一隻貓到房間去。我在車上等著，心裡有點忐忑不安，本以為旅館會拒絕。

過了一段時間，奧維從旅館走出來，一臉開心的表情：「旅館說，歡迎我們的貓。房間的鑰匙都拿了。」

我抱著貓咪進去，旅館的幾個女侍立刻圍上來，伸手摸牠、撫牠，不斷稱讚：「一隻美麗的動物！」奧維和我交換了一個會心的微笑，貓咪確實是我們的驕傲。

我與貓咪靈犀相通。牠高興、牠不開心、牠害怕、牠不舒服，我的第六感都能接到信號。同樣的，貓咪也能洞悉我的心情。當我極不快樂的時候，牠會跳上桌子來，吻我的額頭來安慰我；當我開心唱歌的時候，牠會蹲在我的腳前，側著頭看我，好像咪咪笑地欣賞我的歌聲：「妳唱歌唱得真好，我喜歡聽。」當有我不喜歡的人來我家做客的時候，貓咪立刻感到我隱藏於內心的不悅，對那人不理不睬，走進臥室，躺在我的床上，一直等到那人走了才出來，在客廳裡來來回回地奔跑。我知道牠在歡呼：「他走了！他走了！」有的時候，牠可能覺得我受到一種外來的威脅，挺身保護我，向危險的來源發出像獅吼般的深沉叫聲，連六尺之軀的大漢都嚇得止步。

當我們在西班牙的阿爾特亞新居安頓下來一段時間之後，第六感告訴我，貓咪在西班牙不快樂，處處表現牠對新環境的不能適應。牠不再像以前那樣在屋子裡開心地來回奔跑；牠不再像以前那樣愛玩耍；牠從不走出陽台，只有當我在陽台上曬太陽的時候，牠才走出來陪我，但也只是畏畏怯怯地躲在我的帆布椅下面。當然我也明白，貓咪的不適應感是受到我潛意識發出來能源的影響，牠的不適應反映我的不適應。

奧維每天跟他的幾位同事開車到處跑，有的時候去得很遠，到黃昏才趕回家。我每天早上到游泳池游泳，中午西班牙人關門休息數小時，我沒有午睡的習慣，在家裡寫作；但腦子熱昏昏的，有點像在罷工。納悶中，我看到下面的游泳池空無一人，又下去再游泳一趟，等到下午五點左右，奧維回來了。此時，靜悄悄的小鎮才生命復甦，商店再度開門，我們可以出去辦點事情。如果我們想到外面晚餐，要等到晚上十點左右，那才是西班牙人外出活躍的時間。一天就這樣過去了，我的寫作成績極為不佳。

到西班牙前，我事先自學了兩百個多個西班牙文的日常用語，都是從字典裡尋找出來的。這些字眼對我在阿爾特亞的日常生活頗有幫助，可以勉勉強強地跟那裡的員工們溝通。工頭多明哥還稱讚我：「妳的西班牙話頂呱呱！」

但，這些沒有文法的片言隻語不足夠我投入西班牙人的社交生活。西班牙人熱情友善，喜歡講話。在公共場所，陌生人常常以為我也是西班牙人，過來跟我搭訕，一坐下來便嘩啦、嘩啦地講個不停。最後，我只好苦笑道歉：「對不起，我不懂西班牙話。請你跟我說英文好嗎？」話一出口大煞風景，耳邊的熱情聲音一下停頓。

奧維在工作上沒碰到大問題，跟他合作的同事中有一位熟悉西班牙文。但，在純然是西班牙人的社交場合上，他跟我碰到同樣的語言問題。荷西市長常常請我們去參加他舉行的宴會；可惜極少西班牙人懂外語，我們在滿堂歡笑的宴會中常有孤芳自賞的遺憾。

阿爾特亞的居民中，已經有了幾對丹麥退休夫婦，均是高爾夫球迷，天天到附近的國際高爾夫球場消遣日子。他們曾多次邀請我：「來，參加我們的高爾夫球俱樂部，一起去打球。」「我目前沒有時間。」是我的推託藉口。

「打高爾夫球是世界上最好的消遣。妳來到西班牙不打高爾夫球，躲在家裡幹嘛？」這群打高爾夫球過活的退休人士大惑不解。

他們問得有道理。當我獨個兒躺在游泳池旁，也常自問：「我到西班牙來幹嘛？」此時，我真正明白，旅遊與長居一地是迥然不同的兩回事情。如果我是到西班牙尋樂的短期遊客，如果我是到西班牙來養老的退休老人，我會非常欣賞這裡的生活方式；但我兩者皆不是。我是到西班牙來寫作的。沒想到，我的文思在西班牙豔陽灼熱中乾涸停滯。

躺在西班牙的海邊，我也醒悟到，我的不適應出於自身的錯誤：我沒有在當地文化的投入上好好地花點工夫，故此處處產生格格不入的冷漠感。

一次，奧維獨自開車到巴塞隆納去辦重要的事情，要在那裡過夜，我不願意讓貓咪獨個兒留守家裡。那天晚上剛好是月圓之夜。明月替海水塗上一片金沙銀絲，閃閃爍爍、如幻如夢、美得動人心弦。那對聳立在海中心的石頭使我想起一對在月色中親密相抱、熱情相擁的戀人。這是一個屬於情人的夜晚，我非常、非常的思念奧維，希望他此時此刻能夠在我的身邊，與我共享月色醉人之夜。

凝視明月，明月彷彿跟我說話：「妳要在這茫茫大世界中選擇一個地方，作為永久的家。妳的好丈夫是丹麥人，愛惜妳的公公和婆婆是丹麥人，丹麥是妳欣賞的好地方。妳的前途在那裡。回去吧！回去好好的投入。」

融融月色，西班牙海邊明月夜傳遞給我明確的啟示。

我決定，等奧維回來時，把明月的啟示告訴他：「讓我們回丹麥吧！我現在明白了，丹麥才是我們的家。」我肯定的知道，奧維會瞭解我的要求，也會同意我的決定，貓咪也會絕對贊成。

聖喬治湖畔的融入與回歸

聖喬治湖

一串碧綠的湖泊，環抱著哥本哈根市中心的西北面邊緣，猶如一條璧玉項鍊佩掛在一個美麗婦人的頸項。這些湖泊是三座人造湖，可說是哥本哈根的傳家寶，年歲可追溯至中古時代。

哥本哈根是在一一六七年由一位主教創建而成。那時，古城的城牆外有一條呈弓形的河流，依著城外的天然堤往南流。到了中古時代，城市的居民缺少飲用水，需要水力來推動水磨，於是在天然堤外的河中建築水壩，造成一座湖；後來又再築一個水壩，把第一座湖擴大，形成第二座湖。

到了十六世紀初年，第三座人造湖在最南端出現，取名為聖喬治湖（Sankt Jørgens Sø），聖喬治是當年此地一間痲瘋病院的名字（那個時代，痲瘋病在歐洲尚是普遍，聖喬治被人尊奉為痲瘋病的保護者）。

隨著時代的步子往前走，三座人造湖的身分轉變為蓄水池。後因湖水的水質太差，僅留下聖喬治湖繼續擔負蓄水池的任務，加以挖深、清理，四周凹凸不等的邊緣也修整成方形。一直到二次大戰結束，聖喬治湖對哥本哈根市民的飲用水供應大有功勞。

從一九六〇年代開始，三座人造湖的身分再度改變，成為天然保護區，綠樹沿湖，政府用地下供水系統保持湖水的清潔，湖畔的茂密蘆葦叢成為鴨子與天鵝的居住地。湖邊設有平整的路徑，環著湖泊的兩岸延伸，專供市民散步、跑步、休憩之用，這些環湖小徑被人美譽為「愛情、婚姻、友情之徑」，可見其羅曼蒂克氣氛的濃郁。若要把環繞三座湖泊的整段路徑走完，那是六公里多的路程，象徵著長的愛情、長的婚姻、長的友情。

與天鵝鴨子為伴

奧維與我從西班牙遷回哥本哈根後，便在聖喬治湖南岸新建的七層大廈購買了位於五樓的公寓。那是我們住得最久的一個家。

當初，我們看中這個地點，是因為那裡風景宜人，環境幽靜如遠離城市，而城市卻近在咫尺，出入方便得很。踏出大廈的大門，跨過一條小馬路，走過一棟大廈，彎過「喜來登」大酒店，便置身於哥本哈根的市中心區。

我們在聖喬治湖畔越住越覺得心曠神怡。湖邊的那排樹已長得高高大大，綠葉蓊鬱的樹頂剛好伸到我們家五樓的高度。從陽台望出去，映入眼簾的是一片青綠；於是，我們將大客廳的地板鋪滿深綠色地毯，使得屋內的綠與屋外的綠連成一片，從走廊一走進客廳便延續了綠色世界。

大樹的樹蔭並沒有把我們對湖景的視線遮擋住。我們從英國買回來一套耐得起風霜的白色花園餐桌及椅子，擺放在陽台上，四季不移。一有機會，我們便在陽台上吃早餐和午餐，邊吃邊觀看鴨子和天鵝在湖裡的活動。

日子久了，我們特別注意到一個鴨子家庭，牠們就住在我們陽台下方的蘆葦叢裡。每當有別的鴨子游近牠們的家，那隻雄鴨便嘎嘎大叫，聲音傳到五樓，響亮十分。奧維和我替這隻脾氣厲害的雄鴨起了個名字：「暴君」。每聞其嘎嘎高叫聲，我們便一起笑起來。「啊，暴君又在罵人了！」奧維說。我附和道：「是呀，我聽見牠在罵：『走開！走開！這是我的地盤。』」

湖景最美的季節是春天。丹麥的春天來得晚，千千萬萬的綠芽在樹枝上不耐煩地等候著，好不容易等到五月下旬，好像忽然接到信號似的，一聲歡呼，剎那間一齊綻開，吐露出青翠嫩葉。湖邊的樹木一夜綠頭。

此時，湖中的母鴨把那些一直躲藏在蘆葦中的初生小鴨子帶出來，讓牠們觀看外面的大世界。小鴨子真可愛，牠們的身體嬌小如嫩黃色的小羽毛球，三五成群地緊跟著母鴨的後面，在水面飄飄浮浮地游著，輕盈如掠水而行。天鵝是湖中貴族，受到特殊款待。人們特地為牠們在湖的中心建築好孵蛋的大巢，天鵝母親悠悠然地靜坐其上。小天鵝出來了，灰色的羽毛，又瘦又長的身軀，樣子果真不好看，使我想起安徒生的「醜小鴨」童話故事，靈感必是由此而來。

我每天都看到，那對長住湖中的天鵝從湖的中心振翅而起，向高空飛去。我總是舉頭看著，一直等到牠們優美的身影在天空消失了才去幹別的事。過了一段時間，外邊傳來噗、噗之聲，天鵝回來了，撲著大翅膀，伸出雙腳，在湖水上滑落。

一個黃昏，我看到那對天鵝在夕陽輝映的湖水上降落，轉頭對奧維說：「你看，天鵝散步回來了！」

「這裡的黃昏真是漂亮！天鵝也要去散步，我們不要只坐在陽台上觀望。讓我們到湖邊去跑步，好不好？」奧維提議。

於是，我們養成習慣，每逢夕陽無限好的黃昏，換上運動衣，在湖邊的小徑上沿著聖喬治湖跑步。其實，真正能跑盡全程的是奧維，我僅能跑四分之一的路程便要在湖畔的椅子上坐下來休息。等奧維跑完，接我一起回家。他搖頭取笑：「哈！哈！妳把跑步當作賽跑，開頭衝勁那麼大，一下子就沒有下文了！」

寒冬來時，湖水冷凍成冰，整個湖凍結成一片厚厚的冰地。管理湖泊的人在湖的一個角落灌注溫水，保持湖水的流動性。於是，那個角落成了鴨子和天鵝避寒過冬的地方。

奧維看到鴨子們和幾對天鵝摩肩接踵地擠在那裡，不禁感嘆：「那裡跟香港一樣的擠。」我跟著說：「丹麥的鴨子和天鵝可真幸運，有牠們的『香港』來安度寒冬。」

食物嗎？鴨子和天鵝根本不需要為食物煩愁。帶著麵包來餵牠們的人絡繹不絕。食物過剩反倒把牠們寵成撿飲擇食的一群，稍微過硬的麵包不屑一吃。可是，牠們也有不少前來搶奪食物的不速之客。一大群的海鷗，嘎、嘎、嘎地盤旋於半空中，頻頻做俯衝突擊，把人們拋在水面的麵包片搶掠而去。

「這些大海鷗平日遠離人煙稠密的地方，」奧維跟我說：「現在海水凍結，牠們在海上尋找食物困難，才飛進城市來，明目張膽地又偷又搶。」

「原來牠們是被飢寒所迫！」我對牠們產生同情。於是，我把吃剩的肉塊、從生肉切出來的肥脂等集放在一個塑膠袋，繞到湖邊比較荒涼的一段，把肉片一塊、一塊地往空中拋去。海鷗眼快身捷，呼的一聲，一隻海鷗展翼停在半空，用尖銳的喙把食物一把抓噙住，揚長而去。另一塊肉飛到空中，另一隻海鷗做出同樣的空中表演。牠們從不失落一塊。

小麻雀則天天到我們家來「吃飯」。我們在書房外面的小陽台上擺放了一個高高的木造鳥屋。初時，我把麵包塊放在那裡給牠們吃。有一天，我嘗試更改食譜，把飯鍋裡吃不完的米飯用水再泡軟，放到鳥屋去看受不受歡迎？結果，那頓飯菜出乎意料的成功，麻雀們吃得特起勁，把一大堆的飯粒掃蕩一空。此後，一到時間麻雀們便在對面的樹梢頭等候，一見我把食物放到鳥屋裡，膽子最大的一隻立刻飛撲過來，吱吱地叫，對同伴們傳報消息：「快來！快來！今天有中國飯吃。」其他的麻雀便一哄而起，爭先恐後地駕臨。

奧維和我都喜歡看麻雀吃中國飯的熱鬧情境。在書房內隔窗屏息靜觀，唯恐打擾窗外的群雀喜宴。我們的愛貓「貓咪」也是觀眾之一，牠看得最出神，整個身體分毫不動，只有大尾巴在書桌上興奮地搖來擺去。

在聖喬治湖畔，除了與天鵝、鴨子、海鷗、麻雀為伴以外，我還做了兩件與丹麥相關的重要事情：一是心理上的融入；二是精神上的回歸。

心理上的融入

當年，我抱著「融入丹麥社會」的決心返回丹麥。我對自己沒有失信，果然做到了。

首先，我用心地在語言上下工夫，把丹麥文學好，在家裡也改用丹麥語和奧維說話。我更開始殷切地研究北歐的歷史、文化、社會，以及北歐人的思想和人生觀。

投入工夫做好了以後，我像一個有大近視眼的人，獲得一副合度的眼鏡，戴起來，眼前一片光明，周圍本來朦朧混沌的景象，都清楚玲瓏的顯現出來了；以前看不到的好東西都看到了，以前覺得不好看的也變得好看了。

以前，我覺得丹麥話不好聽；現在，它在我的耳朵裡是一種溫和誠實、不誇張的語言，正如其民族性格。以前，我認為丹麥太安靜、太平凡；現在，她在我的眼中是世界上最美好、最宜人居住的國度，就像一個外表不驚人、性情沉默的人，初見時不會覺得她有什麼吸引魅力，相處久了，才會發現她有許多內在的優點，越瞭解她，便會越喜歡她、越欽佩她。這就是我新發現的丹麥。

我終於完全接納丹麥，把她當作我永久的家，不再有他鄉之想。這是一種心理上的融入。有了心理上的融入，其他一切便應運而生，社會各處的門戶都好像聽到「芝麻開門」的暗號，悄然地、自動地為我而開，使我在生活、工作、社交各方面都順利地達到完全融入的程度。

我非常欣賞北歐神話（來自冰島史詩）的戲劇性和宇宙觀；對北歐人的祖先——維京人（The Vikings）稱霸歐洲海上三百年的歷史也產生濃厚的興趣，欣羨他們的冒險成就、大無畏的勇氣、刻苦耐勞的毅力，優越的航海技術。認為用「北歐海盜」來形容他們實在是既冤枉又錯誤！

我常把我的研究心得說給奧維聽，有的時候說得興高采烈，頗為自負。奧維總是帶著讚賞的表情聽我高談闊論，然後笑著下評語：「嘿！我看妳現在變得比丹麥人還丹麥。這些事情，普通一般丹麥人知道的並不多。」

我真的變得比丹麥人還丹麥嗎？

我完全不同意。我認為我僅是一個文化融入得很成功的外國人。若把累積在我身上的融入色彩一層一層地擦掉，剩下的核心是個華人，血管裡流的是華人血統，培養我長大的是二十年深厚的華文教育。它們是構成「我」的文化精髓，永遠擦不掉、洗不去。

精神上的回歸

轉捩點發生於一九八九年的夏天。奧維和我再次到美國旅遊，順道先去探親。在我母親和姐姐的家裡，我看到一份《世界日報》，心頭一陣驚喜：「原來美國有華文報紙！」（丹麥是沒有的）跟著打開副刊，又是一陣驚喜：「原來在美國還有用華文寫作的作家！」

回到聖喬治湖畔的家，發現我對在美國的驚喜念念不忘，自我反省，惆悵感油然而生：「我離開中華文化太遠了！」

過去的二十餘載，我天天說的是洋話，吃的幾乎全是洋飯，交往的朋友大都是外國人，一起工作的同事清一色是外國人。這些都是無可非議的自然發展，無從改變，因我嫁的是丹麥人，因我的家在丹麥，因我在丹麥工作和生存。

可是，有一點我是可以改變的。我的母語是華文，而我多年寫作所用的語言卻是英文。寫作是我自己的精神領域，是屬於我的一片自由天地。為何不在這自由的精神天地中做個大轉彎？「回歸華文寫作」的決心就此誕生。

從此，我開始孜孜不倦地從事華文寫作，從不後悔、從不回頭。華文寫作把我的精神心靈帶回華文文化的懷抱，就像返回久別多年家園般的溫馨。

心理上的融入，精神上的回歸，使我有如獲得兩道翅膀，可以像湖中的天鵝及海鷗那樣平衡飛翔。我滿足了；奧維感覺到我的滿足，他也安心快樂。

湖畔的樹梢頭每年歡呼一次，換上翠綠的新衣裳；可愛的小鴨子每年在湖裡出現；小天鵝在湖水中演出一年一度醜小鴨變天鵝的戲劇。一年復一年，我們在聖喬治湖畔一住就是二十個年頭，日子過得安寧寫意，我們的婚姻在此茁壯成長，我們的感情結實札根。那是一段美好的時光。

與美人魚做鄰居

美人魚銅像的名氣大，在世界上遐邇名聞。連那些根本弄不清楚丹麥這袖珍小國在哪裡的人，一聽「美人魚的故鄉」幾個字，便露出似曾相識的喜悅眼神。沒想到，奧維與我有一天會成為美人魚的鄰居。

美人魚銅像棲身在哥本哈根港口長堤上。十九世紀末期，這條長堤被開闢成為專供市民散步之路。一九一三年，嘉士伯啤酒廠創造人雅各布森（Jacobsen）延請雕刻家雕塑了美人魚銅像，當作禮物送給哥本哈根市民，選擇把之放在長堤中段海邊的一塊大石頭上，讓散步的人可以盡情欣賞她的曼妙美姿。

一九九〇年代，長堤北端的一段仍是一片蒼涼，一般的散步者不會走到那麼遠。可是，奧維和我每次到長堤散步，總是喜歡從南端一直走到北端的盡頭。那裡的堤岸下面是一長列的石頭貨倉，廢置多年，早已被鴿子們占為領土安家落戶，牠們咕咕咯咯的喧鬧聲不斷從破爛的小窗戶傳出來。

我們走到這港口與海洋匯合的地點，總不約而同地感嘆：政府為何不建造一些漂亮的建築物，把港口的進出門戶美化起來？

我還說：「如果有一棟高尚的公寓大樓站在這個地點，那該多好呀！」

「幾年前建築商曾經有過這樣的計畫，」奧維說：「但始終得不到政府的批准。在最近的將來恐怕是不可能實現的了。」

「如果有一天，這裡果真修建了高尚公寓大樓，我們搬到這裡來住。」我開玩笑地說。

長堤上的一句戲言，竟一語成真。

睡地板爭取長堤公寓

一九九七年一個初春日，我們果然遷進長堤上的一棟高等公寓大樓，正好坐落在我們兩人多年來暗暗欣羨的地點。我們花了一番工夫才把這所公寓爭取到手。

長堤系列公寓大樓的出現，是當年哥本哈根的大新聞，因為它們面對海港，不但是長堤上最早出現的現代化建築物，而且內部裝潢一流、精華雅致，價錢出奇的昂貴。投資者是丹麥資本最雄厚的保險公司之一。該公司曾經在長堤後面的幾個老碼頭上建了許多價錢比較便宜的公寓，出租時發生了在丹麥前所未有的現象，感興趣想要的人們泉湧而至，自動大排長龍，帶著椅子、睡袋在戶外足足等了三晝三夜。鑑於那次的經驗，保險公司相信這次的公寓：高級、地點出色，而且數目不多，必會產生粥少僧多的現象，於是想出絕妙的一招。

保險公司決定：公寓不出售，只出租，由公司自設辦公室管理。客戶在屋子開放參觀的那一天找到自己中意的公寓後，還得排隊三天兩夜，只是這次排隊在室內進行。公司開放一個舊倉庫的二樓，讓等候者自備寢具過夜，半途缺席便算棄權。第三天早上，公司負責人前來舉行抽籤，以示公平，讓等候者按次序認取自己心目中所要的公寓。

屋子開放、讓外界參觀的那一天，奧維和我當然前往。我們那時的想法只是看看而已，並沒有真正存心遷居。租房公司職員帶領我們從最靠近港口進出處的樓棟——七號開始看起，自底下一樓看到面積最大的五樓頂樓；然後再看五號那一棟。兩棟樓，每間公寓的面積、室內設計、窗外的海景都各有所異。室內設計之美自不在話下，但窗外海景雖然都漂亮，可是沒有一間的美景令我們心醉神迷。

最後輪到看三號樓，看完下面三層，只剩下四樓和頂層的大公寓。奧維和我已抱著「算了，不會再有什麼特別的，回家去吧」的心情，進入四樓靠角落的那一間。一進門是一道長長的走廊，走廊兩旁一邊是兩個寬敞的睡房，另一邊是兩個用義大利大理石陪襯玻璃鏡子建成的浴室。走到長廊盡頭，一步踏進客廳，我立刻拉著奧維的手，我們彷彿被雷劈了一記，同時止步佇立，啞口無言地注視窗外的美景。

客廳、書房、餐廳和廚房全是由落地大玻璃窗連接起來。往前遠眺，坐在長堤石頭上的美人魚就在眼底，清晰玲瓏。往左看，海港就在眼前，任何大船隻都從窗前飄浮而過；把眼睛往右移，映入眼簾的是歷史氣色濃郁的古老護城堡壘，以前的護城河在今日蛻變成一個翠綠湖泊，舊日的城牆成為今日林蔭覆蓋的彎曲小山徑，林蔭綠徑之後挺立著城市的紅瓦屋頂。這是所有公寓中唯一能夠同時瀏覽長堤全景、海港全貌與市容的一戶。我們依依不捨地徘徊良久方才離去。

回家後，我們當然大肆討論，到底要不要那戶令我們心醉神馳的公寓？

「公寓的唯一缺點是不能把它買下。付那麼貴的租金值不值得？」這是使奧維猶疑的地方。

我的看法是：「只要我們付得起，值得一試。人活著原本就是要爭取好的新經驗。這間公寓值得我們爭取。」

結果，我們決定「試一下」。想要這間公寓的一定大有人在，如果能幸運得到它，我們準備享受它三、四年。在這期間，奧維會把所有的不動產賣掉，結束他的事業。然後我們離開哥本哈根南下，把時間集中用來駕車逍遙遊歐洲。我是這項計畫的積極支持者；我認為年紀大了，產業太多並非福氣，反而是個綁身的累贅、百端煩惱的源頭。

我們也決定了怎樣分工合作參加公寓租賃抽籤：奧維白天坐守崗位，我晚上換崗守夜。

第一天，我們兩人一起出席，發現在倉庫二樓等候的人士並不多，而且沒有年輕人。跟我們坐在一塊兒談天的人們：有一對夫婦是哥本哈根以前的副市長和他的銀行女主任太太；另一對夫婦是退了休的會計師和醫院總護士；又另一對是一位有男爵頭銜的電腦設計師和他的葡萄牙裔太太；還有一個單身男人，是丹麥的名記者。這一群人後來都成了我們的鄰居和社交朋友。

晚上守夜，我才發覺，別人聰明，派代表來守夜。市長把他的媳婦派來，會計師的女兒來代替父母。記者與我是親身守夜者，兩人最談得來，原來他跟我同時期在美國加州念書，他還是當年反越戰的激進分子。我們也是競爭者，他一心想要的公寓就是奧維和我相中的那一間。

市長的媳婦見我沒帶寢具來，只是坐在椅子上，關心地說：「妳不能整夜坐著，我把我帶來的被褥分一份給妳，妳躺下來休息。」

第二天早晨，溫和友善的會計師和他的太太捧著熱咖啡和新出爐的麵包來，請辛苦睡了一夜地板的未來鄰居們吃早餐。跟著，奧維來接換崗位，讓我回家休息，他的幽默已使他成為大家歡迎的人物。當天晚上，保險公司請我們吃一頓酬勞大餐，食物是包辦宴席的公司送進來的，宴席地點是倉庫的大地窖。那裡沒有暖氣，我們穿上大衣吃四道菜的盛餐。奧維在餐桌上幽默話語連連，席上笑聲不絕。那是一個氣氛很特別的晚宴，大家興致高，餐後還拍了一張大合照留念。

第三天早上抽籤，我竟然抽到第一名，高興得跳起來，那間公寓註定歸我們所有。記者鄰居前來恭喜：「丹麥至美的景色是你們的了。」

屋內一切布置妥當之後，奧維和我舉行了一個新屋落成宴，把我們熟悉的鄰居、奧維的丹麥好朋友、我的至好中國朋友都請來了，大家吃自助餐。我們把所有的窗戶大大地打開，把窗外的美景也邀請到屋內，與人們一起慶祝良日。好些找不到新路牌的客人隨著窗戶飄出的人聲找上門來。

長堤上看船

我們是為景色而來，景色沒有令我們失望。

最有趣的是看船。進出長堤港口的船隻均是客船，每天都有好戲在窗外演出。

那時，每天早晨必經過我們家的客船是來回往返於哥本哈根和波蘭的載客渡輪。大概早上九點左右，它便像一座大冰山那樣浮現在我們客廳和書房的落地玻璃窗前。我一聽到窗外傳來沉重的馬達聲，便急忙跑到窗旁，屏息凝氣地觀看渡輪在窗前演出令人驚心動魄的一幕。

這艘巨輪高達我們的四樓。我站在室內觀看，眼睛可與在指揮室內的船長四目相看。龐大的船身在我的眼前緩慢地做一百八十度的倒退轉彎，極像一條巨大的白鯨在水面做慢動作的轉身。輪船的馬達出力地隆隆轉，在水面激起渦捲飛濺的浪花。有好幾刻，船身靠得十分近，彷彿快與我們的窗戶相碰撞，可終是沒碰到。巨型輪船終於小心翼翼地轉了彎，船尾在前、船頭在後，悠然地倒退入長而窄的內港，停泊下客。這樣，黃昏再度載客出港時，它可以直航而出。

丹麥女王瑪格麗特二世的皇家遊艇常常經過長堤港口，那是她乘遊艇出巡王國各地，或者是出國訪問。皇家遊艇全身雪白色，身形不巨大，外貌也不過分輝煌，但形態高貴優雅，一如海上的天鵝，正好適合這位精於繪畫、寫作、設計安徒生戲劇舞台服裝的藝術女王之用。遊艇的名字叫「丹尼寶」（Dannebrog），與丹麥國旗同名。

瑪格麗特二世是一位親民近民的女王，極受人民的愛戴。奧維和我都屬於愛戴女王的族群。有的時候，女王與王夫也會站在遊艇的甲板上方，向岸上觀看的市民揮手。我們便拿著望遠鏡觀望，一直看到「丹尼寶」變成遠方天際的一隻白天鵝才罷休。

每逢國際航海學校的大帆船到訪，又是精彩的一幕。一艘建造於十八世紀的遠洋大帆船駛進港口，船上的十幾道大布帆都飽滿地張開著，每一道船桅上站著幾個青年水手，呈金字塔形狀排列，到了頂桅只站著一人。這些青年在高空中迎風而立，神氣十足地向哥本哈根港口致敬。

常有外國海軍的戰艦到訪。我們也必做觀眾。一次，義大利的戰艦訪問完畢後，出港離去，所有的軍官穿著筆挺的黑軍服，頭戴白帽，雄糾糾地沿著戰艦的邊緣肅立，場面帥氣萬分。戰艦一邊駛出海港，一邊播放著動人肺腑的音樂——義大利歌劇家威爾第（Verdi）所作的歌劇《納布科 Nabucco》裡面奴隸們在監牢中的大合唱。

每聽到這首合唱曲，我總是心情激動。那天能夠聽到「飛，思想！」的動人音調在藍海上飛揚飄蕩，更認為是人生僅有一次的經歷。我向艦上的軍官們搖手致謝。義大利男人就是義大利人男人，見有女士向他們搖手，也禮貌地搖手反應。我對奧維說：「只有義大利人才懂得把軍事也藝術化了！」

港口最常見的船隻是現代國際郵輪。我們搬到長堤去的時候，正是長堤港口走上國際郵輪停泊港之路的開端。我們家前的古舊碼頭進入復興時代，那些被鴿子占領了多年的石頭倉庫又被人類收取回去，將之改頭換面，變成各式各樣的商店，向郵輪的遊客招徠生意。

旅遊季節，碼頭的氣象一片興旺。我們有空時，喜歡坐在窗前看郵輪的到來和離去。每天總可見到一艘、有時兩艘，有時甚至三艘的大郵輪到達。巨型的郵輪猶如大象跟著小老鼠般，被領港員的小汽船慢慢地帶領進港，停泊在我們眼底下的碼頭，各色各樣的遊客從吊板上走下來，有點像從巨鯨肚子裡爬出來的小人。每艘郵輪大約停留一天左右便離去，遊客們又紛紛爬回鯨魚的肚子，郵輪的煙囪發出嗚、嗚長嗚，與港口告別。遊客們帶著喜悅而來，帶著喜悅而去，沒有在碼頭上灑下別離的眼淚。這些也總讓我們回想起當年兩人的郵輪之戀，心中洋溢幸福。

一向喜歡觀察人的奧維說：「在長堤上看遊客跟在步行街上看路人一樣的有趣。」

有靈性的美人魚

我每天早上起床，第一件事便是走到客廳的大窗前，看美人魚銅像一眼，就像跟她道個早安似的。有的時候，我步行進城，寧願多花十分鐘的時間，繞道長堤，走過美人魚銅像的身邊，跟她打個招呼。

可是，我最愛在白雪覆蓋大地、海水凝結成冰的冬日，靜坐家中凝視著她：美人魚孤孤單單地側身坐在石頭上，被白雪皚皚的大地包圍著。她的臉朝著海，若有所思地眺望著冰雪連天的遠方。在我的眼中，她不再是沒有感情的銅像；她是一個有靈性的悲劇女人。

「她在想什麼？」我的腦際浮起遐想：「她還在等待她的夢中王子嗎？還是，她厭倦人間，盼望回到海裡的老家去？」

她當年游到海面上，見到船上的英俊王子，一見鍾情。為了愛情，她付出重大的代價，讓海底的巫婆把她的舌頭割下來，換來一杯魔飲。她一口喝盡魔飲，身上的魚尾變成兩條人腿。

於是她離開海底的老家，跑到人間來尋找她的愛。但她是個啞巴女，沒有辦法表達她心中的強烈感情；更遺憾的是，她的愛是一種單戀，並沒有得到王子的愛情回報。這是美人魚在人間的悲劇。

她本可以回到海裡的老家去，但人類偏偏不讓這位失戀的海女離開人間，把她牢牢地緊鎖在千斤重石上，使她成為一個有家歸不得的怨女。

她在人間成為被崇拜的偶像，但也受了許多傷害：頭被斬、手被割，身體被塗污。

在我搬到長堤後的第二年，美人魚的頭第二次被人斬掉。親眼看著她無頭的身軀，我為她感到悲惻。

美人魚個子小（僅一米二十五公分高），僅是長堤上許多雕塑像中的一個，而她卻脫穎而出，奪盡風頭，成為舉世聞名的哥本哈根象徵。我覺得，美人魚之所以如此風靡世人，最大的吸引力在於她悲劇性的愛情；人們下意識地感到，身軀小小的美人魚象徵著人間屢屢發生的愛情悲劇。

我們與美人魚做了四年半的鄰居，隨後離開了哥本哈根的長堤南遷。那四年半是很風光的日子，一切順遂。對我本人來說，我感到很幸運，能與美人魚做鄰居，從春天到冬天、從日出到日落都能看到她。人生幾何！

為了旅遊南遷

當初，從哥本哈根遠遷到丹麥南部居住，最主要的原因是為了駕車旅遊方便。

丹麥法律規定，每個工作的人在一年之內享有兩個月的受薪假期。一般人把這兩個月的時間分在夏天和冬天兩次休假。每年七月全國便出現人口大徙動的現象，人像候鳥南飛一樣，成群結隊跑到太陽普照的地方去，在豔陽下讓肉體吸收陽光的維他命。

我們婚姻開頭的十年，奧維在飛利浦公司做事情，我們也跟隨一般人的度假習慣，參加丹麥旅遊團，到西班牙、希臘、北非等歐洲人喜歡去的陽光國度，在那裡的旅館住上十來天、曬十來天的太陽。

後來，奧維獨立做生意，行動自由了，我們又沒有孩子的羈絆，用不著配合小孩的放假、上學時間，於是考慮改變度假方式，兩個人去，不再跟著一大團人湊熱鬧。

「坐飛機旅行沒意思，一坐進飛機什麼都看不見。我們不如坐火車度假，可以沿途看景色，怎樣？」熱愛火車的奧維提議。

「哎呀，坐長途火車好辛苦！」我答道。說句公道話，北歐和西歐的火車辦得很好，舒服、清潔又守時。但，我曾多次一個人坐長途火車，總遇到不如意的事情。只好自認跟火車無緣。

結果，我們找到妥協辦法：自己開車子出遊。過後許多年，我們駕著車子在歐洲大陸跑了許多地方，挺寫意的。

一九九七年初夏，我們到美國東海岸探親。家庭團聚完畢，奧維和我飛到西海岸，準備租車子做加州海岸線之遊。在舊金山機場下飛機的時候，我突然心血來潮，衝口說：「嘿，讓我們租一輛敞篷跑車！加州的天氣最適合開敞篷車。」

這主意正好擊中奧維的心坎，於是他租了一輛美國製的小敞篷跑車。他把著駕駛盤，得意洋洋地在那條沿著太平洋海岸迤邐綿延的一〇一公路上揚長飛駛，從南到北，從北又折回南，路段越彎曲、越驚險，他開得越興致盎然。

返回丹麥後，他感慨地說：「開過了敞篷車，再開有篷的，好像坐牢一樣。在加州開敞篷車的時候，我感到一種前所未有的自由感！」

「如果敞篷跑車對你具有這樣吸引力的話，我們買一輛。這錢是值得花的。」我說。

丹麥沒有造車工業。丹麥人開的汽車都是從外國進口，政府打百分之二百的進口重稅；故此，在丹麥買一輛敞篷跑車昂貴得很，但我還是慫恿奧維買。我一向認為，人來到這世界，要盡量積累快樂的時光，豐富人生經驗；如果很喜歡、很喜歡一樣東西，很想、很想做一件事情，就不要慳吝金錢，完成心願，免得將來身後拖著一大串的遺憾：「為什麼我當時沒有買！」、「假如我當時做了那件事就好了！」

在我慫恿之下，奧維買了一輛BMW敞篷跑車。我對汽車向無興趣、知識也不豐富，但我也認為他買的新車很漂亮，流線型的身段，銀色晶亮的車身，配上黑色的車篷，挺像一位風度華貴的美女，叫人回首三看。奧維十分珍惜他的新車，總是自己細心洗擦，讓她容光煥發。

有了這輛敞篷車，我們的駕車度假果然別開生面，與大自然有了親密的接觸。絕對躲避掉高速公路，每回出發前，我們先在地圖上找出那些用綠線標示的路徑，因有綠線全是風景優美的鄉村公路。我們各戴一頂鴨舌帽，悠閒自在地順著鄉村公路行駛，往往數個鐘頭不見另一部汽車，人也不常看到。穿越森林時，奧維會轉過頭問我：「妳聽到鳥兒的叫聲沒有？」經過田野時，他又會問：「妳聞到野草的香味沒有？」

奧維愛開他的敞篷車，由他唱獨腳戲開車，我的職責是拿著路線圖導航，一下叫他向右轉，一下叫他往左去，還滿自負的，從來沒找錯路。

「我可以開十個鐘頭都不累！」奧維開心地說：「我自由了！唯有這樣開著車子，我才覺得自己真真正正的自由了！」

傍晚時分，我們找一家別有風味的鄉村旅店歇宿，吃一頓旅店主人親手做的地方菜餚。

這些鄉間逍遙遊帶給我們許多愉悅的經歷。途中碰到有趣的人物、遇到有趣的事情、看到有趣的景色，都給我們留下溫馨的回憶。我更把這些經歷視如路上拾到的珍寶，藏進我自己的記憶囊裡，作為日後的寫作資料。

我們最喜歡去、也是最常去的地方是被統稱為蒂羅爾州（Tirol）的地區，包括德國南部、奧地利及義大利北部。那裡多山多湖；當地人又悉心經營他們的土地，替天賦的湖光山色加添上一派欣欣向榮的田園風光。車子繞著山路走去，我們俯瞰山下：清澈的湖泊，像一顆又一顆的明珠，靜臥青山懷裡；綠油油的山麓上散布著清新整潔的村民房舍，紅瓦白牆，家家戶戶的窗緣鮮花垂吊，宛如一群打扮得俏俏麗麗的村姑娘。

此情此景，我們心曠神怡，彼此交換笑容，不約而同地讚嘆：「這裡風水甲天下！」

遺憾的是，從哥本哈根到德國邊境有很長的一段路程，要跨越兩個島才到。我們不走高速公路，那就要花一整天的工夫。然後再從德國北部南下到我們喜歡去的地方，又得用上一日的時間。而且，這段長路程所經過的地方均是平如薄煎餅般的地帶，景色單調，走起來叫人發悶。於是，我們開始商量，不如搬到丹麥的南部去住，靠近德國邊界，駕車南下度假就方便多了。

二〇〇三年夏天，果然可以實現南遷的計畫。一位居住在丹麥南部的朋友，他的屋子剛好空出來，我們便先租借他的房子，以它為基點，在南部慢慢物色合意的城市，作為退休長居之地。

一年的尋覓，我們在奧本羅這個南方小城找到很合意的住處，就此定居下來，準備過我們理想中的退休生活：陽光好的時候，開車子到中、南歐各處遊蕩；在烏黑的冬日，奧維可在家裡擺玩他歷年來收藏的模型火車，重溫他童年時想當火車司機的夢想；我則可以專心致意於寫作。

當奧維的第一個病徵在二〇〇六年夏天出現後，我們只好放棄了那年沿著盧瓦河（Loir）橫貫法國的旅遊計畫。

到了秋天，他的病情有了新的轉變。他發現自己的頸部變得僵硬，轉頭困難；同時，兩個上臂消失了好些肌肉，致使他的手不能再做翻動物件的動作。

「你不要再開車了！太危險！」我對他說。

「暫時不開。」他答道：「等明年我的病好了再開。」

「明年！那你這輛BMW怎樣辦？」我有點擔心起來：「那麼漂亮的汽車，日夜停在屋子旁邊不用，你不怕她會被東歐來的偷車賊偷掉？」

奧維沉默了一陣，說出他的決定：「我們先把這輛車子賣掉。」

我早有賣車的念頭，現在他主動提出來，我當然百分之百贊同。

可是，奧維還有下文。他接著說：「明年我們到德國去再買一輛自動的，開自動車不需要什麼手力。在德國買車便宜多了，買了車子就放在德國。」

「放在德國的哪裡？」

「啊，我在網上找到一個汽車俱樂部，就在弗倫斯堡（Flensborg，離我們住處很近的德國城）。外國人可以把汽車存放在那裡，要用的時候才去拿。正適合我們。」

奧維天生樂觀。聽他這樣講，知道是他的「樂觀」在說話；但我深深瞭解他對這輛敞篷車的鍾愛，要割愛把車賣掉已經是很傷感的一回事，我不忍心把他以為還可以再開車子的「樂觀泡沫」戳破，於是順著他的意思說：「好呀，我們就這樣做吧！等到明年再說。」

病魔悄悄來了

一切從二〇〇六年的夏天開始。奇怪的病魔悄悄地踏入我們的平靜生活。

北歐的夏夜特別長，到了子夜天空仍然澄清明亮，宛如透明的瓷器。北歐的黃昏更是金光絢麗。

那個夏日的黃昏，奧維和我坐在屋子二樓後面的陽台上吃晚餐。晚霞在天際嬌嬈多色、變幻無窮；屋外濃蔭的大樹、後花園裡盛開的野玫瑰、遠處迤邐的海水都安祥地沐浴在嫵媚的夕陽下，散發著享受生命的喜悅氣象。

我記得很清楚，那天晚餐吃的是奧維最喜愛的肉食——煎牛排。我們兩人都不是燒菜能手，做晚餐大都是兩人合作，各盡所能。牛排是奧維煎的，煎得生熟恰到好處；烤馬鈴薯和生菜沙拉是我做的。丹麥人習慣把現成的沙拉醬倒在菜蔬上，硬生生的吃；奧維向來不吃這種沙拉，我是能吃但不熱愛。於是，我打破西方成規，別出心裁，自創把沙拉中的各種菜蔬先用糖、醋、油、鹽等配料拌起來，約等十五分鐘，讓菜蔬稍微變軟和入味後才吃。想不到，奧維對我這有點像中西合併的特製生菜沙拉情有獨鍾，愛吃萬分。

吃著、吃著，我忽然聽到「咕咚」一聲，從桌子對面傳過來。我吃驚地抬頭凝視對坐的奧維。

「咕咚！」奧維剛吞了一口肉。聲音果然是從他那裡來的。

「你的喉嚨為什麼會發出這樣奇怪的聲音？」我問。

「哦！哦！」他微笑地看著我，一臉不好意思的表情，猶疑了一陣子，終於把問題說出來：「我吞東西有困難。」

「不能吞東西是很嚴重的事情！」我緊張起來。腦子裡立刻閃了一下紅燈：哦，可能是喉嚨生癌！「你要趕快去看醫生呀！」

結婚數十年以來，奧維很少病痛，就是有病痛，他也不訴苦，把兩道嘴唇閉緊，照樣做事情，不願意我看到他生病。我相信，他這次的喉嚨問題一定已經蘊釀了一段時間，只是他盡量避免被我發現而已。

到了醫生那裡，醫生的第一個懷疑當然是癌症。

奧維告訴我：「翰莫醫生用了好長的時間摸我的頸子。他說沒摸到什麼。現在他替我約好時間，去食道和胃的專科醫生那裡做檢查。」

翰莫醫生是我們兩年前從哥本哈根搬到奧本羅（Aabenraa）城後，從地方政府給我們的名單上挑選的醫生。挑選他的原因有二：一、他的年紀比較大，應該經驗豐富；二、他的姓氏「Hammer」跟我們在哥本哈根的一位好鄰居相同，這不是一個普通的丹麥姓氏，猜想兩者可能是親戚。

奧維和我第一次見過翰莫醫生，都很滿意。翰莫是一位和藹、心腸好、對病人體恤的醫生，他跟我們在哥本哈根的鄰居翰莫根本沒有親戚關係。奧維注意健康，定時到翰莫的診所量血壓，兩人成為能夠天南地北般談天的熟朋友。翰莫對中國很感興趣，見到我，總喜歡提他到中國去的旅遊經歷，對桂林的風景有難忘的印象。大家熟了以後，又知道，這位身高接近兩米、身材瘦長的醫生不僅是一個愛好海上運動的人，而且是個法國通。他在法國南部買下了一棟老村屋，準備將來退休到那裡長居，每有長假就到法國去親手修建屋子。

奧維檢查食道和胃的那一天到了。我和他手牽手走路前往，那個地方就在我們常去的郵局後面，離家只不過三、五分鐘的步行路程，開車子反而麻煩。

奧維自己走進檢驗室，約二十分鐘後女護士扶著他出來，原來梳得整整齊齊的頭髮蓬亂了，這是我第一次看到他在人前蓬頭亂髮而不自知，但看來他是神志完全清醒。

「我們可以走路回家嗎？」我問那位跟著出來的醫生。「我們住得離這裡很近。」

「不行、不行！」醫生回答：「你們坐車子回去。回家後讓他在床上睡一個鐘頭。」

回家後，我把他帶到床邊，說：「醫生吩咐你要睡一個鐘頭。」他一躺下便睡覺了。我不打擾他，靜靜地在家裡做別的事情。

一個鐘頭之後，奧維忽然站在我的跟前，莫名奇妙地問：「發生了什麼事情？為什麼我會躺在床上睡覺？」

「你自己還不知道！」我笑著跟他做報告：「我們坐計程車回家的時候，你在車上還跟司機談了一下今天的天氣。下車的時候，計程車司機好有心，把你一直扶到大門前。樓梯是你自己上的。睡覺前，你還自己先把夾克、褲子脫了，摺疊好才躺上床去。」

奧維對這一切完全沒有記憶。他說，醫生替他插管進喉嚨前，給他打了一針，還半開玩笑地說：「你放心！打了這一針，你什麼都不會感覺到。唯一的危險是，你可能會把你內心深處的祕密說出來。」

過了幾天，我們回到翰莫醫生那裡聽取檢驗結果。

不是癌症！喉嚨、食道和胃都正常，奧維的吞食困難很可能是一種肌肉病症的開端，要到醫院去做肌肉檢驗。

聽了翰莫醫生的宣布，我們四目相投，多日來的緊張心情稍微鬆懈了。我心裡頓時感到一陣安慰：「奧維還可以活很多年！」

回家後，奧維對我說：「為什麼總是我到醫生處做檢查？妳也應該到翰莫那裡檢查一下妳的血壓。」

「哈，我的身體好得很！」我頗為自負的回答：「我唯一的毛病是敏感症，但我的敏感可以用藥來控制。那種藥在藥房隨時買得到，連醫生處方都不需要。」

「唉，說起妳的敏感！」奧維的眼睛笑著，幽默來了：「如果妳是一頭豬的話，妳早就給宰掉了！」

「不對！不對！」我也模仿丹麥幽默的形式來個自我誇讚：「如果安徒生再世的話，他可要把我用來做模特兒，重寫『豌豆公主』的故事。你看，我對香菸、灰塵、香水、蚊子叮、跳蚤咬樣樣都敏感，那不是比『豌豆公主』的敏感棒多了嗎？」

「還有，」奧維加一句：「你對你的丈夫也敏感！」

可見，我們當時的心境並不壞，還有開玩笑的心情。

奧維首先到我們本城的奧本羅醫院去做過兩次肌肉檢查，沒有結果。於是，翰莫醫生又寫信到松德堡（Sønderborg）醫院的腦科部，叫奧維到那裡去繼續做檢查。奧本羅城的人口連兩萬都不到，城市醫院沒有腦科部。松德堡城算是個大城，跟我們所住的奧本羅城有三十分鐘的車程距離，該城的醫院是丹麥南部設備最完善的大醫院，設有腦科部。

這期間，奧維的吃食狀態有了顯著的改變。他本來很注意餐桌禮貌，但現在，我發覺他用餐時總是把頭仰起來，兩眼朝著天花板，慢慢地吃。

「你為什麼那麼奇怪，仰著頭吃東西？」我忍不住問他。

「醫生跟我解釋，正常人是把食物從食道吞下去，」他詳細地說：「我的食道肌肉不能再做吞食的動作，我只好仰起頭來，讓食物流下去。食物流下去之前，我要把食物咬得很爛，流下去的時候，我要集中精神。一不小心，食物就會流到氣管去，那可恐怖！」

那個夏天，一切恐怖的開始；只是我們還沒洞悉真情，滿懷信心地祈望，醫生終會找出奧維的病因，對症下藥。等奧維的病醫好以後，我們可以依照原來的計畫，過我們的退休生涯。這一年奧維六十四歲。

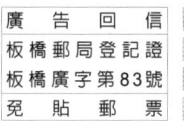

INK PUBLISHING

讀者服務卡

您買的書是：________________

生日：　　年　　月　　日

學歷：□國中　□高中　□大專　□研究所（含以上）

職業：□學生　□軍警公教　□服務業
□工　□商　□大衆傳播
□SOHO族　□學生　□其他 ________

購書方式：□門市 ____ 書店　□網路書店　□親友贈送　□其他 ____

購書原因：□題材吸引　□價格實在　□力挺作者　□設計新穎
□就愛印刻　□其他 ________（可複選）

購買日期：____年____月____日

你從哪裡得知本書：□書店　□報紙　□雜誌　□網路　□親友介紹
□DM傳單　□廣播　□電視　□其他

你對本書的評價：（請填代號　1.非常滿意　2.滿意　3.普通　4.不滿意）
書名____ 內容____ 封面設計____ 版面設計____

讀完本書後您覺得：

1.□非常喜歡　2.□喜歡　3.□普通　4.□不喜歡　5.□非常不喜歡

您對於本書建議：

感謝您的惠顧，為了提供更好的服務，請填妥各欄資料，將讀者服務卡直接寄回或傳真本社，我們將隨時提供最新的出版、活動等相關訊息。

讀者服務專線：（02）2228-1626　讀者傳真專線：（02）2228-1598

等待

到醫院檢查、檢查，二〇〇六年早過去了！

到醫院檢查、檢查又檢查，二〇〇七年也將快成為歷史。我們還是在等待著醫院的診斷。到底是什麼病？為什麼醫生等了那麼長的時間還不能下診斷？這些問題每天都在奧維和我的腦子裡兜著圈子轉。後來我們才曉得，醫生們採取排除方法，把所有懷疑的病症一個、一個的排除後，才下最後診斷。

這期間，大約每月一次，奧維會收到松德堡醫院的來信，約他到醫院跟處理他病例的腦科主治醫生談話。這位主治醫生的名字叫孚爾（Floer），來自德國（近年來，丹麥缺少醫生，而德國則醫生過剩，於是丹麥的醫院延請了好些德國醫生來補缺）。孚爾醫生雖然只來了兩年，丹麥文已經說得近乎完美，叫人佩服。

我對奧維說：「你很幸運，是孚爾擔任你的醫生。」因我在醫院的候診室觀察那些進進出出的腦科醫生，得到印象，孚爾是最和藹可親的一位，他對那些天生殘障的病人態度溫柔體貼，總會給他們說一句稱讚或鼓舞的話，叫這些坐在輪椅上的人開心地咧開嘴笑。

二〇〇七年十月，孚爾醫生寫了一個報告給我們的家庭醫生翰莫，也寄了一份給我們。從報告中，可以讀到醫院曾替奧維做過的各項檢查。我直接採用孚爾醫生報告中的丹麥文醫學術語，寫出其中比較重要的幾項檢查：

三次的「肌電圖研究」（EMG-undersøgelse）；

三次的「核磁共振成像掃瞄」（MR-scanning），分別為腦部的、頸椎的和腰椎的；

多次抽取血液樣本，做多種不同的檢驗。

看到此，我記起奧維曾開玩地嘆息：「我驗了那麼多次的血，我身體的血都給抽光了！」

報告的結論中，孚爾醫生寫道：他已經向病人解釋，到目前為止，他最大懷疑是，後者患的是一種特殊的「肢帶型肌營養不良症」（limb girdle-muskeldystrofi），一種進步性的肌肉病症，慢慢惡化。長遠來說，病人會失去身體大部分的肌肉能力。

孚爾醫生又繼續寫：這種病症的後面隱藏著遺傳的缺陷，所以他將寫信到歐登塞（Odense）大學醫院，請那裡的一位腦科教授替病人做肌肉活檢（Muskelbiopsi）。

這時，奧維的體重已經減輕了四公斤。他一向的習慣：每天早晨起床必做體操和伏地挺身，上臂二頭肌發達，都隆起來；現在這些肌肉都消失了，肩膀也小了不少。

「我不能再做伏地挺身了！」他說，語氣帶著傷感。

姐姐元真常常從美國波士頓打電話來問候，我聽到奧維在電話上說：「噢，我全身的肌肉都痠痛！」

我們早餐素有吃半生熟水煮蛋的習慣。一天早餐，我正低頭敲開蛋殼的頂端，忽然聽到奧維大聲地喊：「啊，我不能把我的手伸到口去！」

我猛地抬頭，見到奧維神情驚惶地看著他那隻吊在半空的右手。他手裡持著小茶匙，肘子彎著，半彎的手臂就梗在那裡，怎樣也不能夠把手中的茶匙舉到嘴巴的高度。我心中也感到一股驚惶，但潛意識地知道，我這時不應增加他的驚恐，於是盡量保持平靜的表情，說：「沒關係，我們以後就不再吃半生熟水煮蛋好了。」

他又把兩隻手伸到我前面：「妳看，我拇指和食指間的肌肉都沒有了！」

我看了，默然無語。

不久，他的腿也開始出問題。他對我說：「我常常半夜醒來，腿部抽筋。走路也開始垂足。」一天，我們走在街上，我故意走在他的後面，看垂足到底是怎麼樣的。當我看到向來走路健步如兵士操練般的奧維，竟然有一隻腳拖在後面，咯噠、咯噠的，與正常的那隻腳無法配合，心酸難過萬分；但我若無其事不吭聲，免得加重他內心的傷痛。

在整段漫長的等待期間，醫生只觀察奧維病情的發展，但沒給他任何藥物服用。這時，我覺得，既然醫生沒有藥物幫助奧維，我們自己得想自助的辦法。

奧維的丹麥朋友紛紛打電話來，七嘴八舌地貢獻良方：多做運動、請人按摩、服用運動員增加肌肉的藥粉、天天吃牛排……但沒有人提及做針灸。

針灸是我們兩人選擇的補助辦法。我們討論時，我提出這樣的意見：「針灸值得一試。以現代眼光來看，中國的針灸很有道理。中國人所謂的『氣』，就是我們今天流行說的身體能源。你目前的身體能源低滯，用針灸通一下『氣』，一定會增加你體內能源的通暢。就是沒有幫助，對身體也不會有什麼傷害。」

我剛到丹麥的時候，針灸這回事被丹麥的醫生嗤之以鼻；但慢慢地，它被人接受，丹麥針灸師開始出現，而且越來越多，也有正式醫生加入行列。雖然如此，醫學界仍舊不承認針灸是一種治療方式，理由是它尚缺科學證明。

我們到翰莫醫生那裡，請他介紹一個醫生出身的針灸師。我還有點擔心，翰莫是否屬於看不起針灸的老派。出乎意料，翰莫的思想開通，對針灸感興趣。他說，他自己的女鄰居是「丹麥針灸學會」的主席，他從女鄰居那裡學到一點皮毛知識，自己正在做試驗。但這位女醫生意太好，病人已經排隊一年之長。結果，他介紹了另外一位名叫安特（Amter）的醫生給奧維。

安特醫生的診所就在城裡，離我們住處不遠，步行可到。約好時間的那天，我陪著奧維同去。見到安特醫生，一副學者風度、態度誠懇莊重，奧維和我都感到欣悅。

在開設私人診所前，安特是某大醫院的止痛主治醫生。當他聽過奧維的病情後，坦白地說，他的針灸主要特長是止痛。針灸對止痛很有效，但像奧維這樣的病人，他還是第一次遇到，但他很願意嘗試幫助奧維。

我可能是第一個走進他診所的中國女人，一個來自針灸發源地的人，學者風度的安特打開話匣子，跟我聊起天來。他告訴我，他的針灸是在瑞士學的。他年輕時在醫院當止痛醫生，一次，有一個已經被麻醉了的病人，在手術床上突然不停地打嗝。他從衣袋裡取出一根針灸針，插入病人的手指，不停的打嗝聲立刻休止；圍立手術床的醫生、護士們都驚訝地看他一眼，但沒人開口做評語。

在針灸室裡，我看到牆上掛著一幅很大的人體圖像，人體的四周印著一大堆古色古香的中文字；乍看起來，有點像銀河裡密密麻麻的星斗。不言而喻，它們是針灸穴位。我當時想，這幅圖一定叫丹麥病人佩服得五體投地。

「你能夠全部記得這些穴位的中文名詞？」我訝異地問安特。

「不！」他微笑地搖搖頭：「我們聰明得很，改用數字號碼來記它們。」

僅做了一次的針灸，奧維的走路垂足便消失了。連安特醫生自己也不能相信他的針灸有此神效。但其他的效果則僅是暫時性的。奧維自己說：「做了針灸後，我果然覺得頸子和肩膀的僵硬鬆弛了，但第二天又回復老樣子。」

秋盡冬來，奧維繼續做針灸，我們繼續到松德堡醫院去跟孚爾醫生談話，但我們覺得沒有必要告訴孚爾醫生奧維做針灸一事。

就這樣，二〇〇七年成為過去。我們依然在等待、等待、等待著醫院的診斷。

丹麥的醫療制度

丹麥、瑞典、挪威等北歐國家，是世界上知名的福利社會。丹麥施行全民福利，醫療制度是國營的，全國一致、完全免費，所有公民，不分貧富，人人得到平等對待。

美國的歐巴馬總統上任後，積極推行醫療保險制度改革，遇到不少的阻力。傾向共和黨的媒體、政治家、民間人士譁然反對，指責這種模仿北歐福利醫療制度的措施將把美國帶上社會主義的路途。有的輿論更接近歇斯底里：歐巴馬總統是個共產黨，把共產主義輸入美國！

如果問丹麥人：你們願不願意放棄自己的全民福利醫療制度，以美國的醫療保險制度取而代之，使富者可買到最好的保險、貧者則得不到醫療保障？

毫無疑問，丹麥人的回答會是一個響亮的「不要」。

我自己初到丹麥時，對丹麥的福利制度毫不瞭解，也抱著領取社會福利是一種恥辱的心理。可是，幾十年之後，我的觀念完全改變。

我今天的看法是：

丹麥的福利制度是人民與政府的社會契約：人民向政府繳付很重的稅收（所得稅往往是收入的一半以上、所有物品的加值稅是物價的百分之二十五）。政府把這一大筆人民解囊交出來的錢，負責任地替人民經營從搖籃到墳墓的福利，在生、老、病、死各方面給予人民照顧和援助。孩子念書不用錢，從小學校到大學均如此；病了不用擔心付不起醫藥費；年老了不用靠兒女養，到了自己不能照顧自己的時候，進養老院去；死的時候也有政府的喪葬費用津貼。

再者，丹麥的福利制度是丹麥人追求「大同世界」思想的實現。大家一起來，大家一起做，強者助弱者、幸運者幫助不幸者、健康的對殘障的伸出支援之手。

丹麥人常常在電視上批評政府的福利工作，這裡有錯、那裡出誤。批評的人各行各業均有：受免費教育的大學生抱怨、領「孩子撫養金」的母親訴苦、拿退休金的老人發牢騷、受政府照顧的殘障人士喊不平……以前，我總覺得丹麥人太喜歡挑剔瑕疵。他們的生活已經過得那麼好，福利那麼周全，為何對芝麻綠豆般的小事還斤斤計較！後來，我明白了：丹麥人把享受社會福利視為行使他們的公民權，是理直氣壯之事，必得爭取。

在丹麥的每一個城都有固定數目的醫生診所，根據當地居民人口多寡來決定。這些醫生是家庭醫生，每個城都有一份家庭醫生的名單，由居民選擇；如果對醫生不滿意，可以換醫生，但一定要是該城名單上的醫生。

人每逢有病，第一步先找自己的家庭醫生，只要使用「醫療卡」登記，便無需付診察費。這些家庭醫生的診所屬於私人性質，醫生將來結束業務時可把診所賣給另一個醫生。醫生的診察費價格有法律明文規定，醫生自己不能隨便開價要錢，病人的診察費可向市政府申請；藥物由病人自己持著處方箋到藥房購買。

家庭醫生發現病人有特殊疾病，超出了他的醫治範圍，便把病人送給專科醫生，或醫院去做進一步的診治。病人持著「醫療卡」到專科醫生處診治，也不用付錢。同樣，病人到醫院檢查、治療、做外科手術、住院等，只需有一張「醫療卡」在手，分文不用自己掏腰包。

到藥房買藥，如果是醫生處方的藥物，也一定要出示「醫療卡」，不然買不到。所以，在丹麥的醫療制度下，「醫療卡」（丹麥文：Sundhedskort）是每個居民最重要的證件，由市政府每年免費換發一張新的，用郵件自動寄到。若地址更改，或換了醫生必須立即通知政府改發新卡。

丹麥的「醫療卡」是黃底白邊，故亦有黃卡之稱，大小與一般的信用卡一樣，上面備有磁條。卡上的資料包括：

持證人所屬的市區及辦事處電話；

持證人的醫生姓名、地址及電話；

持證人自己的姓名、地址、電話及社會安全號碼（丹麥文：CPR-Nummer）。社會安全號碼有十個數字，由持證人的出生日、月、年再加上另外四個數字組成。

「醫療卡」不但在丹麥本土具有無上的重要性；到了外國旅遊、度假也非帶著它不可。「醫療卡」上另外用英文、西班牙文和丹麥文三種語言寫明：「旅遊健康保險卡」。在卡的背面再用英文解釋：丹麥公民在度假期間若發生急需醫藥治療的事情，醫療費用由這張旅遊健康保險卡支付。

很多年前奧維到英國出差，扭傷了肩膀的筋，持著他那張丹麥政府發的黃卡到英國的醫院去做緊急治療。醫療好了以後，說聲多謝就離開，英國的醫院分文不收。

二〇〇七年，奧維的年齡達到六十五歲，法定身分變為退休人士。除了醫療免費，他更享有許多其他的權利，如：

他到藥房買藥，只需付藥物費的百分之十五；餘下的百分之八十五由市政府支付，但藥物一定要是由醫生開處方的藥。

他到牙醫那裡，百分之十五的費用自付，剩餘的由市政府分擔。

他若要配眼鏡、置助聽器等，可向市政府申請補助。

他現在已不能自己開車，也不能搭乘公共交通工具到醫院去；於是，他可以向市政府申請派免費計程車接送。

他在家裡需要任何的輔助設備，如頸圈、助步車、輪椅、特製的浴室設備等等，都可向政府申請，由政府免費提供。他還可以向市政府申請免費家庭助手，到家來幫忙做家務。

但，「申請」二字至為重要。一切輔助都要自己申請；自己不申請，輔助不會自動上門。

幸好，奧維的奇怪肌肉症沒有影響他的智力。他的腦子保持過去的靈活，而且他一向習慣用電話辦事情，向地方政府申請輔助器具、設備等都是他自己打電話去，告訴接線生他要申請的是什麼，然後轉到相關的管理部門。

部門先寄申請表格來，填寫好以後，我跟他到郵局寄回給市政府辦事處。到此，事情還沒了結。接著，市政府辦事處派探視員來我們家觀察，決定奧維是否真有此需要，然後才批准。

故此，申請過程相當繁瑣，一個部門、一個部門的繞過去。奧維曾這樣描寫他的申請經驗：「好像我年輕服兵役的時候，夜間被放到黑漆漆的大森林裡。那裡黑得不見五指，沒有手電筒、沒有地圖，要自己一個人想辦法走出黑森林歸隊，很費腦筋。」

制度雖然繁雜了一點，但絕對不能用「官僚主義」四個字來形容它；用「防止制度被濫用」比較合適。丹麥是個絕對的法治社會，託人講人情、私下送禮物等花招行不通；若認為市政府的處置不合理，可上訴。奧維曾到網站上瀏覽，發現告市政府的人多著呢！

可是，一旦走進了福利醫療制度，制度的輪子開始滾動，一切的運作順遂。

第六感的警告

回想起來，奧維病發之前，我早已得到了第六感的危險警告。

我們家對面是奧本羅的市立圖書館，曾被選為全丹麥最好的圖書館。奧維和我都是愛看書的人，對街的圖書館是我們常去借書的地方；奧維更時不時便到那裡的閱讀室去看模型火車雜誌和汽車月刊。

我接到第六感警告的那一天，是二〇〇五年的一個秋日。那天下午，奧維到圖書館去看雜誌，在那裡待到圖書館關門才回家來。我開門迎接他，見到他臉上一副興高采烈的表情，猜想他一定是在圖書館裡遇到什麼好事情。

果然，他興奮地說：「我今天在圖書館裡遇到一個非常、非常有趣的人物。是個奇遇！」

「你遇到誰？」我的好奇心被挑動。

奧維滿懷喜悅地把整個過程告訴我：

他看完了雜誌，離開前走到歷史書的部門去瀏覽書架上的書本，看有些什麼與二次大戰有關的新書出現。他聚精會神地在翻閱書本，後面有一個男人跟他搭訕：「你對二次大戰很感興趣，是嗎？」

奧維是一個保守的人，在公共場所極少跟陌生人攀談。但這次例外，他竟然跟這個陌生男人坐在圖書館的一個幽靜角落裡長談起來。這個男人是一個七十六歲的退休醫生，名字叫大衛（David）。他本是個波蘭猶太人，父母親在二次大戰時喪生於集中營，他自己成了孤兒，後來被一個丹麥家庭收養，在丹麥長大成為丹麥公民。但他忠心於以色列，參加了以色列的摩薩德外國情報局（Mossad），多年來替摩薩德做隱蔽情報活動，曾多次到南美洲緝捕德國的納粹戰爭逃犯；以色列每次跟阿拉伯國家打仗，他必回去參戰，一生幹了許多驚心動魄的事情。

「我跟大衛約好了，」奧維高興地說：「我們每星期在他家裡見面一次。」

就在這一刻，平地一聲雷，我的第六感接到一個恐怖的「預兆」，就像黑黝黝的螢幕上突然閃亮出一行驚人的字幕：「死亡今天來找奧維了！」

這一串字是帶有力量的，仿如一把利刃插入我的腦子。我吃了一大驚，我的第六感怎麼會收到這樣荒謬的信號？站在我眼前的奧維容光煥發、健康洋溢。死亡的預兆太離譜了，不可能是真的！我用理智把這剎那間現身的第六感警告打發走了，當然也沒有說出來給奧維聽。可是，死亡的預兆並沒有真正的離開我，它悄悄躲進我的潛意識裡，伺機再捲土重來。

軍事歷史、二次大戰的人、事、物等對奧維具有莫大的吸引力，這是我深知的。現在遇到這個有軍事情報員背景的猶太人，使得奧維的興奮感高漲，這也是我瞭解的；但我還是希望，奧維沒有碰到這個人！

「為什麼要聚會得那麼勤？一個月一次不就夠了嗎？」我語氣淡淡地說。

奧維高高興興地答：「大衛有很多有趣的經歷要告訴我，他還提議一星期兩次呢！」

我不願意再向奧維潑冷水，不再多言。

果然，奧維每個星期四下午便到那個猶太醫生家去談天，從兩點談至五點，準時去，準時回，風雨不改，有如軍事行動。每次回家他都告訴我，他跟大衛談得好投契，軍事、政治、歷史、文化無所不談。但，自從那時開始，我覺得奧維在舉止上有了無法言喻的改變，是一種肉眼看不出來、只有長年跟他一起生活的人才感覺到的微妙改變。

大約過了三、四個月，我開始在晚上有一種很奇異的感覺，令我坐立不安。這感覺總是在奧維和我一起看電視的時候才出現。如果奧維不在我的身邊，夜間是我一個人獨坐看電視，那感覺就不會前來騷擾。

奇異感覺出現的時候，來勢強烈，彷彿有一股乍冷乍熱的電流，一波接一波、震震顫顫地流過我的身體，一下子使我焦急不安如熱鍋上的螞蟻，一下子又使我憂懼得內心直打寒顫。此時，數月前曾閃現過的死亡預兆又在我的意識中晃蕩起來，我感覺到，奧維和我搖搖晃晃地站立在懸崖的邊緣，四周是漆黑的深夜，只要我們稍移一步，奧維便會跌入懸崖下的無底深淵，死亡在那裡等著。

一天晚上，我實在無法再按捺住我內心的憂懼，向他發警告：「奧維，你不要再到大衛那裡去啦！你現在面對很大、很大的危險。危險是來自大衛那裡。」

「我在大衛那裡只是聊天，喝杯咖啡，有的時候他的朋友也來，大家談的都是無關重要的事情。哪裡來的危險？」他驚愕地問。

於是，我不管三七二十一，把我所感到的危險一口氣說出來：「奧維，如果你繼續到他那裡去，你會生很重的病，你會死的！」

「你怎麼會有這樣的想法？」

「這不是我想出來的，是我的第六感接到的紅燈警告。」我答道：「我剛才說的不能夠用理性來解釋，但你是知道的，我的第六感一向靈驗。這次的警告太嚴重了，我一定要說出來，也許你能夠逃避過正在向你撲過來的禍害。」

「你能不能把你感到的危險解釋清楚一點。」他仍然用理性來反應。

「呃，如果我可以把未來的危險看得清清楚楚，能準準確確地說出來，那我早已成為世界出名的占卦婆了！」我說。

我的第六感很強，尤其對危險來臨的預兆特別敏感；有的時候，在我跟別人四目相投或身體接觸的那一瞬間，我可以「聽」到他（她）腦子裡在想什麼，尤其是負面性的思想。可是，在我自己的眼中，第六感並不是玄虛的神祕力量，我更不把自己的第六感視作一種獨特的天賦。

在動物界裡，雞、貓、狗等對危險的到來有先知、先覺的能力，已是眾所周知的現象。我相信，人類也有天生的第六感，每一個人都有，只是人在繁忙的生活中，其視覺、聽覺、感覺、味覺、嗅覺等五種基本功能已經忙得不可開交，第六感的作用就給忽略了；第六感一旦被冷落，也就低首隱退。如果一個人意識到第六感的存在，允許它有自由活動的空間，第六感會活耀發達。

已經有科學家在研究人類的第六感，蒐集了許許多多的例證，但第六感是怎樣運作的？科學還在找尋答案。我自己的看法是：宇宙萬物都發出能源；從我身體發出的能源與氾溢在空間的某些特別強烈的能源相遇時，第六感發生如同導電體的作用，使兩種能源融合起來，有如陰電與陽電交接，預感、預知、預兆遽然而生。其實，男女之間的一見鍾情、陌生人與陌生人萍水相逢時的一見如故，也可能是彼此身體發出來的能源能夠相融相合的緣故吧！

這只是我個人的看法，並沒有科學的根據；別人也一定會有許多不同的理論。

奧維每做重要的事情，必先詢問我的意見。譬如，幾年前，他準備與一位比他年輕多歲的好友合資在哥本哈根港口開建一個模型火車博物館，讓外國遊客觀覽。問我贊不贊成，我用心考慮了幾天，跟他說：「當我從這個項目往前看，前頭是一團黑暗，好黑，好黑！最好還是不要走這條路。」那次，奧維聽從我的警告，放棄了做那項投資。沒想到，在一年半之內，他那位好友及其妻子竟然因病相繼去世。

這次，奧維不聽我的警告，認為他不能憑借這樣不合邏輯的理由，突然中斷他與大衛的友誼。但，奧維並沒有把我的警告全然忽視。一天，他跟我說：「聽了你講的話之後，我留意觀察大衛的家。唯一的危險是香菸。大衛是個香菸不離手的人，到他家來的人也是個個抽菸，一屋子都是煙霧。我已經向他們要求，每當我在場的時候不要抽菸。」

奧維所有的朋友我都認識，但這次，我對他這個有複雜背景的新朋友保持遠離虎口的距離，連見也不想見。不論奧維或別人認為我是心理投射過於敏感，或是認為我以第六感為由而偏執，「他是危險的來源」成了我腦子裡一個固執的信念，理智趕不走、邏輯打不倒。奧維繼續他與大衛每週一次的聚會。每次，我看著他離家出門去赴會，心裡總泛起一種無可解釋的傷感；每次，見他回來進入家門時，我心裡會鬆了一口氣：他平安回來了！

那種令我坐立不安、乍冷乍熱的奇怪感覺繼續在晚上前來騷擾我，等到我實在忍耐不住時，再向奧維囉唆了好幾次，卻不得要領。無可奈何，我下了決心投降，不再提這回事。

最後的審判

二〇〇八年七月一日是難忘的一天。那天奧維得到了我們等待兩年的最後診斷，有如得到最後的審判。

我們收到松德堡醫院的來信，七月一日如期到醫院去見腦科主治醫生孚爾。

穿著白袍的孚爾面帶笑容地走進候診室，請奧維到他的診療室去。他故意讓奧維走在他的前頭，他跟在後面觀察。我在旁邊注意他臉上的表情；當他看到奧維緩慢的步伐，連寬鬆的外套也不能遮掩的瘦削肩膀，他的臉色頓時變得沉重。

一位護士也進入診療室，坐在我們的旁邊。她是荷尼（Helle），一位溫和嫻靜的中年女士。

孚爾醫生告訴奧維，歐登塞大學醫院將那塊從他小腿抽出來的肌肉做了「肌肉活檢」之後，發現病症與遺傳無關，而且再把肌肉樣本寄到英國去做重複檢驗，也得到同樣的結果。

他注視著奧維，態度慎重地說：「歐登塞大學醫院對你的病症下了診斷，這是排除了其他各種病症之後得到的最後診斷。你所患的病症是ＡＬＳ。但我本人還是保留著一點疑問，不能百分之百的認同。」

「ＡＬＳ！」奧維和我不約而同地重複了一聲。我們兩人從來沒聽過這種病，滿腦子的疑惑、滿眼的驚訝，問：「ＡＬＳ是什麼病？」

孚爾醫生顯然很瞭解我們的疑惑和驚訝，用溫和的語氣跟我們解釋。

我不能相信我耳朵所聽到的，但在惶惶惑惑中把孚爾醫生所說的重點銘刻腦際，對病症的恐怖面貌畫了個輪廓：

ＡＬＳ是一種不治之症。病人在得到病症的診斷後，平均可活二至五年。

ＡＬＳ是一種極為稀有的腦科病，在整個丹麥僅有五百個病患。

病症攻擊腦部和脊髓裡的神經細胞；掌管由意志力控制的肌肉的神經細胞被攻擊，致使病人逐漸失去肌肉能源，肌肉萎縮而死，四肢癱瘓。

最後，病人的進食和呼吸功能也消失。但，病人的智力不受影響，自始至終神志清醒。視覺、聽覺、感官、性功能保持正常。其他主要病徵是：極端的疲倦、肌肉在皮膚下抖顫、喉嚨產生大量的唾液。

醫學界至今不明白這病症的病因，故此尚未找到醫治此病的藥物。

唯一的好消息：ALS是沒有傳染性的病症。

奧維聽完了孚爾醫生的解釋，面不改容地說：「那我只好承認，命運給了我一張很壞的牌！」

「我很佩服你的勇氣。」孚爾醫生誠懇地說：「能夠平靜地接納這樣一個可怕的診斷，需要很大的勇氣。有的病人得到ALS的診斷，當場哭起來，有的驚嚇得昏倒。」

我自己的感受與奧維的完全不一樣。聽著、聽著，我腦海裡不禁浮現出米開朗基羅所繪的「最後的審判」那幅名畫：畫中有眾多的人在世界末日的那一天得到最後的審判，有一群人的靈魂飛升上天堂，另一群人則被判落地獄。

我當時想，得到這種可怖的ALS症的人，就與被判落到「人間地獄」無異。但，奧維是世界上最善良的人之一，他怎麼會得到這樣可怕的懲罰！太不公平了！太不公平了！我心頭湧起一股悶氣。但在孚爾醫生的面前，我只好把悶氣抑制住，一聲不哼。

當天，孚爾醫生也跟醫院裡ALS團隊的四位成員約好了時間，讓奧維分別與他們交談。這四位成員是：「語音教師」（丹麥文：Talepædagog）、「物理治療師」（丹麥文：Fysioterapeut）、「職業治療師」」（丹麥文：Ergoterapeut）及「營養師」（丹麥文：Diætist）。坐在我們旁邊的護士荷尼，就是醫院ALS團隊的聯絡人，將來有什麼事情需要松德堡醫院腦科部的幫忙，可直接打電話找荷尼，由她安排。

奧維第一個見的是語音教師，是一位女士。她向奧維展示一個有點像打字機似的說話機器，只需要用眼睛看著機器上的字母，機器就會把腦子裡想說的話用聲音表達出來。說話機器的功能新奇驚人，但它叫我的心打了個寒噤：「但願奧維不會有需要這說話機器的一天！」

第二個約會是到物理治療師那裡。治療師是個年輕的女護士，她向我們示範替手足癱瘓的病人穿襪子、內衣、褲子等等的方法。

接下去，輪到職業治療師，又是一個女的，長得高高大大，一舉一動像個運動員。奧維請她跟我們解釋，她的職業與我們剛才交談過的那位治療師有什麼不同的地方。原來，她的職業專長是機器，她管理各式各樣輔助病人起居生活的機器。她把一個電動的小呼吸機交給我帶回家，每天分早、午、晚三次在家裡幫助奧維使用，用途是增加他的肺活量。呼吸機的高度、長度和寬度都不超過二十公分，拿起來也不重，可以到處移動。

她又教我如何使用呼吸機，最好把它放在一個隨手可及的地方，插了電，把口罩放在奧維的鼻子和口部之上，一按開動鈕，空氣便會呼呼地流入通氣管，經由鼻子進入肺部。打進肺部去的並不是氧氣，而是空氣。

跑了三個地方，時間已到中午。聯絡護士荷妮把我們領到一個很安靜的等候室，裡面只有另外一個男病人。荷妮已經替我們準備了三明治午餐，等中午休息時間過後，再去跟營養師交談。奧維和我其實都沒有胃口，勉強靜靜地吃我們的三明治、默默地喝我們的咖啡。上午所得到的各種壞消息有如一堆難以下嚥的食物，被強迫塞下喉嚨，滯集胃中，形成一團不容易消化的沮喪。我們兩人都不喜歡在人前袒露內心的感情，還是等回家後再討論吧。

下午見面的營養師是一位身段苗條、打扮入時的女士，她說她大部分的工作是教人如何減肥，今天卻要出計幫助人增肥。她給奧維的加重辦法是：晚上睡覺前吃東西，最好吃熱量豐富的甜點。

在回家的途中，我們沉默不語，因車上還有陌生人，那部被派到醫院來接我們的計程車同時接了另外兩個病人，分途把我們送回各自的住處。

一返抵家門，我便把積累在心頭的悶氣一連串地傾吐出來：「上天好不公平，怎麼會給你這樣一個懲罰！你一生從來沒有傷害過別人！你一生曾經幫助過多少人！到頭來卻要受這樣的懲罰！為什麼？為什麼？而且你才六十六歲。」我越講越氣。

「我們先喝一杯熱紅茶，讓情緒安定下來。」奧維建議。

於是，我到廚房燒水、泡了一壺紅茶，拿出預先買好的蛋糕。我們就在廚房的飯桌面對面地坐下來。

奧維冷靜地說：「妳剛才把得這病看作上天的懲罰，我的看法倒不是這樣。我在車上想了很多。我認為這是一場生命的挑戰，我不會不做抵抗就躺下來等死，我要跟這惡劣的病作戰。」他把他那隻已經變得瘦瘦長長的手放在我的手背上，兩眼深清地看著我：「我需要妳！

我需要妳在我的身旁，跟我一起打這場仗。你願意做我的作戰夥伴嗎？」

「當然願意！」我立即回答：「我永遠是你的忠實作戰夥伴。」

「直到死而後已！」他說。

「是的，直到死而後已！」我站起來，走到他的椅子後面，用兩隻手臂環抱著他的肩膀，堅決地說：「我們並肩作戰，抗戰到底。」

我懷抱裡的肩膀都是骨頭！我默默地對自己發了個誓：「無論多辛苦，我會陪他走完這段艱苦的路。」

奧維接著說：「醫生雖然說此病無藥可治，但世界上有奇蹟的出現。等下，我到網上去瀏覽，很可能會找到別的醫療辦法。」

看到希望的影子掠過奧維的面孔，我禁不住也要來一番自我稱讚：「我們今天得到這樣可怖的診斷，並沒有驚慌得只顧流淚，也沒有頹喪得六神無主。相反的，我們能夠把內心的沮喪化為勇氣，抬起頭來面對殘酷的現實。哈！我們實在應該為自己感到驕傲。沒有人能夠說我們是懦弱者！」

「我們還可能打贏這一場戰爭呢！」奧維臨危不忘樂觀。

喝完了茶，我們便分頭坐到各自的電腦前，上網瀏覽。

我在網上查到ＡＬＳ這個病的英文全名：「Amyotrophic Lateral Sclerosis」，中文翻譯：

「肌萎縮性脊髓側索硬化症」，好長的名字。後得知台灣醫界慣稱「肌萎縮性側索硬化症」。

美國人則習慣把這病稱作「盧伽雷氏症」（Lou Gehrig's Disease）。內中故事是：盧伽雷是美國一九三〇年代有「鐵馬」之稱的名職業棒球員。一九三九年，盧伽雷在球賽時發現他失去了他過往的超人力量，接球、扔球、擊球都出問題。當時他尚未知道他的身體已受到這個癱瘓性腦科病的影響。不久，在他三十六歲生日那一天收到醫生的診斷：他患了ALS。於是，他選擇是年的七月四日，美國的國慶日，在紐約的洋基球場（Yankee Stadium）向六萬棒球迷告別，兩年後逝世。美國人為了紀念盧伽雷，把他的名字替代了病症的原名。

那天晚上，我輾轉難眠，心裡不斷想，今天我們得到絕症的診斷，等於得到了一本完全空白的簿子，簿子的最後一頁已經寫上了故事的結尾：死亡。但，故事的情節將由奧維和我用痛苦和行動來書寫，把空白的紙頁一張、一張的填滿。這樣的一個里程碑日子，怎能忘記。

對死亡的看法

奧維是西方人，但他卻像大多數的東方人那樣，相信輪迴轉生。死亡對他來說，是投胎再生。他甚至相信，我和他在前生曾經做過夫妻；他去世後，將來還會與我來生重聚。

我是東方人，投胎再生的說法，對我來說並非陌生的事情；但我在思想上，一向拒絕把之當作信仰來看待。

奧維還未生病之前，投胎再生是我們兩人常常拿來開玩笑、甚至認真爭論的話題。

「相信靈魂不滅、死後投胎再生的人才是有大智慧的人。」他故意逗弄我。

「哈，這樣的話，中國人全都是有大智慧的人，我是極少數的例外者之一。」

我告訴他，我童年的時候最喜歡坐在廚房裡，聽我們家的女傭人講她們以前在鄉下的經歷、她們的求神拜佛、她們的信仰。她們常常說及投胎再生的事情，我覺得好聽到不得了。可是，我雖然年紀小小，腦筋已經不能相信這些事情是真的，它們只不過是好聽的故事而已。

長大以後，我相信人死了以後，肉體與精神均化為能源，回到那浩瀚無垠、渾然一體的宇宙能源源頭。我還跟奧維說：中國人有「道」之說。「道」是無形無體的，萬物來自「道」，萬物也回歸「道」。若以現代的眼光來看，「道」不就是宇宙萬物的能源源頭嗎？

可是，無論我們討論多少次、爭辯多少次，奧維不能把我說服成輪迴轉生的信仰者；我也不能改變他對投胎再生的信仰。我的結論是：你相信什麼，當生命離開身體的那一刻，你帶著在生時的所信而去：相信投胎再生，便去投胎再生；相信回到宇宙能源的源頭去，就飛回到宇宙能源那裡；相信上天堂，就上天堂；相信下地獄嗎？那就準定往地獄去。

自從奧維得到了「肌萎縮性側索硬化症」的診斷以後，我們再沒有閒情談論人死後會到哪裡去的抽象性理論。死亡已經來到我們的眼前，是一個具體的威脅，怎樣對付這個已兵臨城下的敵人成了迫在眉睫的問題，占用了我們的全部精力。

這時，我常想起一部很多年前看過、給我留下極深刻印象的瑞典電影。電影的名字叫《死亡》，描述一個年輕的瑞典男人遇到前來找他的死神。年輕男子不願死，想出了一個逃過死神魔掌的辦法，提議下一盤棋來決定勝負。如果死神贏了那盤棋，他就甘心情願跟死神走；但若死神輸了的話，就要讓他活下去。結果，贏的竟然是年輕男子，死神果然手下留情，沒有把男子的生命奪走。

可是，奧維面對的死神是面目最猙獰可怕的那一個？這個兇惡死神會放過奧維嗎？

我們曾分別用丹麥文、英文、德文在網上蒐集到眾多的有關資料，一致指向同樣的結論：「肌萎縮性側索硬化症」是人類百病中最恐怖的一種。

此病最恐怖的特徵之一是它的絕望無救。早在一百多年前，此病已經被發現。時至今日，醫藥界對此病依舊所知不多；除了病徵，其他一切似乎仍停留在白紙狀態，群醫束手無策，連減輕病人痛苦的藥物都無法提供。

「這病比癌症更糟糕。癌症至少有治療的方法，而且被治癒的也大有人在。偏偏就是這古怪的病，一點法子都沒有！」奧維感嘆說：「得了這病就好像被世界遺棄：你自己回去等死吧！」

「就是呀！」我附和：「因此病而死的盧伽雷逝世已經有七十多年了，醫藥界對『肌萎縮性側索硬化症』的知識仍然沒有新的突破進展！」

「那準是因為患這種病的人太少了。」奧維道：「你看，在丹麥的五百多萬人口中僅有五百個患者。美國有三億人口，患『肌萎縮性側索硬化症』的人只不過三萬人左右。患者這樣稀少的病很難吸引到巨額的投資來做研究工作。」

「肌萎縮性側索硬化症」的另一個恐怖特徵是它的殘忍手段。人的身體之所以能夠動，是因為肌肉收到腦子運動神經元要它們動的信號。「肌萎縮性側索硬化症」使病人的肌肉收不到命令它們運動的信號，肌肉因此逐漸退化萎縮，終告死亡。我在網上看到一個很恰當的比喻：

病人如同躺在冰山上，頭腦清醒地看著自己的身體逐步被寒冰冰凍，一節接一節的癱瘓。到最後，連那些控制進食和呼吸這兩種基本功能的肌肉也癱瘓，因此也被稱為「漸凍人」。這比喻不禁使我想起過去帝王時代的凌遲厲刑，把犯人的肢體一塊、一塊的割去而致其於死地。這就是奧維要經歷的病痛摧殘，身體一天死一點，從健全、到殘障、到癱瘓、然後是死亡；中間要嘗盡肉體的千辛萬苦，要忍受殘酷難耐的心理虐待。

面目猙獰的死神步步逼近，但奧維沒有失去跟死亡搏鬥的勇氣，他不斷地在網上尋找醫治「肌萎縮性側索硬化症」的奇蹟性藥物和方法。我不相信奇蹟，但我鼓勵他尋找奇蹟。他患的是一種正統醫藥界不可能醫治的孤兒病，他跟疾病搏鬥的唯一武器是他自己的希望，說不定可能緩慢疾病的緊迫步伐，削弱它的猛烈攻勢。

一天，奧維興奮地喊：「快來看！我在網上找到了一種『奇蹟』藥。」

這藥果然自稱「奇蹟藥」。賣藥的是一家地址在蘇格蘭的公司，大言不慚地保證，在三個月內吃完一瓶藥，就可以把「肌萎縮性側索硬化症」醫治好。如果藥物吃完了仍不見效的話，可把空瓶子寄回公司，公司就會把所付的款項全數退還。這消息太好了，幾乎不能相信是真的！我們當然要試一下，不試會永遠後悔。錢是付給蘇格蘭公司的，但收到的那瓶藥是從巴基斯坦寄出的，一種銀色的小藥丸。

當奧維吃第一顆藥丸的時候，他充滿信心地說：「今天是奇蹟的開始！」

很快的，三個月過去了，一瓶「奇蹟藥」吃光了，奇蹟沒有出現。奧維的病卻繼續走下坡。此時，蘇格蘭公司的地址在網上失蹤；到銀行查詢，該公司已經關了門。

接著，奧維又從網上買了一種很特別的「水」，是從英國空運而來，在丹麥是買不到的。此水無色，聲稱可以醫治百病（包括「肌萎縮性側索硬化症」）、亦可防止百病，但性質很烈，服用要極小心，每次只用數滴，而且要用一定分量的蒸餾水與之混合後才可飲用。

「妳也要喝這種水。」奧維對我說：「喝了以後，妳什麼病都不會生。」

我只試喝了一次，覺得味道很像汽油，就不再喝。奧維則有恆地服用，一早一晚定時喝。開始的時候，他自己混合飲料；後來，他的手不能再做這動作，便由我來配對，成了我早上起床第一件要做的事情。可能因為奧維對這「奇蹟水」有信心，聲稱對他有幫助，使得他的呼吸、吞食能力略為好轉。這樣一來，花錢買這昂貴的水是值得的，至少買來了一點希望、一點安慰；於是我們繼續從英國訂購這種水，也不斷的向丹麥藥房買大量的蒸餾水。這奇蹟水的名字我已記不得，奧維一去世，我就把剛剛運到、尚未使用的兩瓶全都倒掉。

繼之，奧維又買了一套叫做癒合碼（Healing Codes）的光碟和書本。他每天都花一些時間，躺在床上，按照書本的說法，一邊禱告，一邊把手放到身體不同的部位。他在床上禱告時，我是不打擾他的，細節我也不過問。我只問過他一次：「這樣簡單的做法就能把你的奇怪病醫好嗎？」

「發明這方法的人把他自己醫好了！」他答。

按照奧維的解釋：發明這個禱告方法的人是個美國醫生。醫生自己開始呈現「肌萎縮性側索硬化症」的病徵。一天，他坐飛機回家，在航行中突然獲得上天的啟示，一切清楚明晰地浮現他的眼前。他返抵家門，便把整個啟示寫成這禱告方法。經過這禱告方法，他自己的「肌萎縮性側索硬化症」病徵煙消雲散，一去不返；連他太太的嚴重憂鬱症也被這方法醫治好了。

奧維滿懷希望地說：「如果我一天早上醒過來，發現我的病好了，那多好！」

奧維也願意做「實驗老鼠」。他跟松德堡的孚爾醫生說了，如果醫藥界開始做幹細胞實驗，他將自告奮勇做第一個實驗候選人。

我告訴他，我在網上找到一間在中國大陸的醫院廣告，聲稱能夠用針灸、按摩、中國草藥等方法醫治多種腦科疑難病症；病人從美國、澳洲、中東、非洲等地方前往醫治，其中有患「肌萎縮性側索硬化症」的病人。奧維叫我仔細查看一下，那些曾經在中國醫院被醫治過的病人的第一手報導，是否有完全痊癒的。

我把查到的結果向他報告：「曾經到那裡求醫的病人中，僅有兩個罹患『肌萎縮性側索硬化症』，兩個都說醫療後病情稍有進步，例如能把手提高一點、覺得舒服一點。但進步都是短期性的，他們回到本國去，不久病情便再惡化，終於還是死了。」

「終於還是死的，我就不感興趣了。」奧維失望地說。

奧維雖然盡力跟疾病搏鬥，但他也下定決心：等到他的肺部失去呼吸能力的時候，就是他停止跟死亡搏鬥的時刻。所以，奧維跟孚爾醫生明言，當他將來不能自己呼吸的時候，他放棄戴用呼吸器（respirator）來延長他的生命；當他不能再自己進食和飲喝的時候，他不插用聚乙二醇管（PEG-sonde）來替代他的身體吸收營養；他也不服用可以勉勉強強延長生命三個月的 **Rilutek** 藥物。

孚爾醫生問我，同不同意奧維的決定？我是奧維的妻子，我的同意是必須的。我的答覆是：我完全同意。

其實奧維和我兩人早在多年前已向政府報名登記了，我們是不希望用人工辦法延長生命的人。換句話說，我們兩個都認為，當生命失去了尊嚴，我們會選擇死亡。在這一點上，我們的看法是相同的。

安樂死在丹麥不合法

自從奧維在二〇〇八年七月得到「肌萎縮性側索硬化症」的診斷後，他的病情發展從慢性變成急性。他雖然勇敢地與病魔步步頑抗，但病魔還是節節勝利。

一年之內，病魔把奧維變成一個殘障人。他頸部的肌肉退化到無力把頭抬起來的程度，非得戴一種特製的頸圈，把下巴托住、幫助頭部仰高，他才能扶著助步器車在屋內走動；頭垂著就不能走動。他身體的平衡感變得很差，一個不小心的動作便會使得他像一袋骨頭那樣摔倒地上。幸好，他多次摔跤都沒有跌斷骨頭，也沒有碰傷頭部；而我竟能用兩隻手臂插在他的腋下，把他從地板上扶拉起來。我並不是個身高體壯的女人，哪裡來的力氣，真難說！

他也失去了舉手的能力，不能自己洗澡、穿衣、進食。於是，我們兩人共同動腦筋，找到解決問題的辦法。洗澡的時候，他用兩手緊抓著淋浴室內的柱子站立著，由我拿著蓮蓬頭替他由頭到腳沖洗。穿衣服的時候，他坐在床上，我把襪子、內衣、外衣等，一件、一件的替他穿上。曾有一段時間，他需要我把食物送到他的嘴裡去，但他認為一個成年男人要被餵食，太不像樣，結果想出一個方法：我先替他把食物在碟子上切成細片，然後他自己用左手托著右手，勉強用叉子把食物放到口裡去。那是一個很慢、很吃力的動作，但至少是由他自己做。

「但願我能自己照顧自己的日常生活起居！」成了奧維最迫切的願望。

有一次，他忽然覺得自己不能呼吸，緊張得很，叫我趕快用呼吸機替他打氣，幸好打氣後他的呼吸困難消失。經過這一次的虛驚，他誠實地說：「我不怕死。我擔心的是，我死的時候會不會窒息而死，那是很恐怖的。」

他把這恐懼告訴了松德堡醫院的孚爾醫生和我們的家庭醫生翰莫。他們都安慰他，不用為此擔心，到了最後的五個月，他可以進入特別的療養院。

可是，病情到了怎麼樣的程度才是最後的五個月？在特別的療養院能得到怎麼樣的幫助？他們都不明言。奧維的最大希望是，等到他的肺不能呼吸的時候，醫生能給他一點幫助，讓他在家裡安安適適地離去。

可是，安樂死在丹麥是不合法的。

其實，丹麥是世界上思想最先進、最開明的國家之一，但在安樂死這方面卻態度保守，國會曾多次討論，卻沒有立法通過。

二〇〇八年，天主教的國家盧森堡繼瑞士、荷蘭、比利時通過法律，准許安樂死。這消息在丹麥又引起一波激烈的輿論。丹麥媒體舉行了多次的辯論節目：丹麥是否也應修改法律，讓安樂死在丹麥成為合法之舉（安樂死在丹麥的定義是：「積極協助死亡」）。政治家、倫理家、社會學家、神學家、醫學家等各界人士都被邀請參加辯論會。贊成者與反對者參半，爭辯激烈，反對的理由大都是倫理性的。

丹麥的電視台繼續探求民意，一連放映了兩部紀錄片：一部是追蹤一個不治之症已到末期、但選擇掙扎活下去的人的情形；另一部是有關一個安樂死的真實紀錄。

這兩部紀錄片對奧維和我具有特別的意義，因為兩部片子中的主人翁都是患上了「肌萎縮性側索硬化症」的男士。

選擇活下去的「肌萎縮性側索硬化症」病人是一個丹麥醫生。他年輕時寫的醫學博士論文就是有關「肌萎縮性側索硬化症」，沒想到，自己在四十多歲時竟然得了這稀有的病症。他的太太已因他的病離婚而去，另覓新歡。政府則派兩個專業人員，二十四小時輪流照顧他。他坐在設備現代化的輪椅上，什麼都不能做，不能說話，肺部也失去呼吸功能，靠胸前一個龐大的呼吸器替他呼吸，呼吸管經由一個在他頸部割開的洞插入體內。每隔一段時間，男護士得把插入頸部的呼吸管暫時拿掉，替他清除積蓄在喉嚨裡的唾液，不然他會被液體窒息而死。

這個丹麥人之所以能完全依賴機器、靠專護理人員的日夜照顧來延長他的生命，全是因為丹麥是個富有的福利國家，一切由政府支付。但他也說，到了一定的時候，他會同意把呼吸機關掉，結束生命。

看完了這部紀錄片，我們兩人一致認為，奧維選擇將來不用呼吸器來延長生命的決定是完全正確。

至於那部有關安樂死的紀錄片，我們覺得動人得很，整個故事彷彿是直接對著我們說話似的。

一位在英國講學的美國教授患上了「肌萎縮性側索硬化症」。當他的病情發展到他終於不願意繼續痛苦地活下去的時候，他和妻子一起從倫敦到了瑞士的蘇黎世，向該處的安樂死組織「Dignitas」要求幫助。經過與該組織人士的面談，得到肯定，他的不治之症的確到了末期，適合接受安樂死的協助。

施行安樂死之前，他的妻子替他在旅館的房間裡洗最後的一個淋浴，替他刷牙，餵他吃最後的一顆葡萄，然後推著他的輪椅，帶他到一個花園裡做最後的一次散步。教授還把鼻子上的氧氣管拿下來一刻，希望能呼吸到最後一口的新鮮空氣。

做了與世告別的散步以後，教授與妻子便被一個 Dignitas 組織的人員用車子送到蘇黎世城附近的一個很普通的住宅區，進入一棟外貌很普通的公寓建築。

在一間設備很普通的公寓裡，教授躺在床上，他的妻子坐在床邊，握著他的手。此時，Dilgnitas 的專員問教授，希望聽什麼音樂？教授選聽貝多芬的田園交響曲，室內頓時彌漫著和諧美麗的音調。然後，Dignitas 的專員把一杯已經混好致命藥物的水遞給教授，說：「你喝了這杯水就永遠不會醒過來。如果你改變主意，不願意喝這杯水的話，我們可以改天再做。」

「現在，現在，我現在就喝！」教授堅定地說。

「那你一定要自己喝這杯水。」專員把一根吸管放入水中。

杯子是專員替他拿著，但水是教授自己從吸管吮吸的。這是遵守瑞士安樂死法律的要求，是一個協助的自殺。

教授吮了一口藥水，還向他的妻子做了個苦笑：「味道好苦！」

水喝完不久，教授便閉目而去，樣子像一個安祥酣睡的人。Dignitas 專員肯定教授的生命確實結束了，向其妻說：「他去了。」便立刻打電話給當地的警察，報告該處發生了一起「自殺」。

教授夫人給了亡夫一個告別的吻，溫柔地說一聲：「祝你旅程愉快。」她和專員便一起離開公寓。教授的屍體將由 Dignitas 負責火葬，然後把骨灰寄回給教授夫人。

整個紀錄片的氣氛既尊嚴又安寧，教授含笑而逝，教授夫人也沒有哀慟痛哭，自始至終保持安詳的容顏，為他丈夫的解脫苦痛感到安慰。

我們聚精會神地看這部紀錄片，從頭到尾一聲不響。當片子結束的時候，我們發現，我們的臉上都掛著兩行眼淚。

有兩位丹麥政治家親身跑到瑞士去做安樂死的考察，回來後發表激烈的反對言論，於是安樂死的話題沒有拿出來在國會做立法討論，又暫時束之高閣。

在目前准許安樂死的歐洲國家中，瑞士是唯一允許外國人在其境內施行安樂死的國度。奧維的身體已經失去行動的自由和外出的精力；我自己一個人也不可能帶著一個坐輪椅的殘障人，長途跋涉地到外國去。

我們只好希望，當他離去的時候，不會走得太辛苦。我希望，當他離開這世界的時候，我能坐在他的床畔，握著他的手，陪他走完最後的一步。

非搬家不可

「你們要搬家，這裡太不適合奧維的需要。」來訪問我們的賀曼女士（Houmann）說。

賀曼女士是丹麥「肌肉萎縮症康復中心」的顧問。她在接到醫院的報告，奧本羅城有了一個新的「肌萎縮性側索硬化症」患者，便打電話來跟奧維約好前來訪問的時間。訪問那天，她在我們的居處巡視一番以後，做出這個結論。

職業治療師吉斯敦（Kirsten）也這樣說：「你們考慮一下，換一個居住的地方。」

吉斯敦是奧本羅市政府派來管理奧維病例的職業治療師。她年約五十，冷靜能幹，個子小，但行動輕盈快捷如年輕運動員。她經驗豐富，對輔助殘障人士的機器具有廣博的知識；可是，奧維仍舊是她工作數十年第一次接觸到的「肌萎縮性側索硬化症」病人。

後續的兩年，吉斯敦成了奧維和我的朋友。她是那兩年進出我們家門最頻繁的人，不斷送來奧維所需要的各種輔助物品和機器。她也是當時最能瞭解我的心理壓力，最能體會我的辛勞的人。我對她說，她的到訪帶給我最需要的心理支持，我把她看作奧維和我的「患難之交」，有如一個雪中送炭的人。吉斯敦聽了感動得兩眼盈淚，可能在她的工作中，她很少遇到向她表示感謝的人。

其實，不用別人勸我們另覓新居，我已經下了決心：非搬家不可！

當年，我們找到這個居處可說是一種緣分。還記得，為了開車旅遊方便，二〇〇三年我們從哥本哈根遷到丹麥南部，起初住在一幢兩層樓的別墅式屋子，前面有個大草坪，後面是個大花園，那裡果樹眾多，蘋果樹、梨樹、櫻桃樹都有。可是，這幢屋子給了我們一個教訓，讓我們兩個城市人獲得自知之明，我們根本不適於住有花園的屋子，擁有個花園徒然叫我們對園中的花木產生歉意。所以，我們婉拒了屋主朋友的要求，沒把他的房子買下；繼續開著車再到處找居處。

當時，我們心中並沒有先入為主的城市。唯一的先決條件是，要找一間室內設備現代化、面積寬闊的公寓，租或買都沒有關係。有一天，車子經過奧本羅城的這條街道，我的眼睛被一幢有三層樓、看起來面積大、建築型式大方體面的房屋吸引住。奇怪的是，那幢屋宇好像跟我招手似的，叫我頻頻回過頭去看它，窺見屋子二樓和三樓的後面還露出挺大的露天陽台。我當時跟奧維說：「如果我們能住到這屋子的二樓或三樓就好了。」我們還打算，過幾天再到此地打聽，那幢房屋是屬於誰的。

想不到，過了幾天，奧維高高興興地把一份報紙遞給我看，指著一份房屋租賃廣告：「這就是妳喜歡的那幢房子。二樓在出租呢。」

「啊，趕快打電話約時間去看！不要給別人捷足先登了！」我急著說。

我們對這間公寓一見鍾情，在裡面走了一圈，覺得樣樣都好，便當場決定要它。對我們來說，公寓面積的寬大是最大的決定因素，它有二百二十平方米，分隔成兩個寬敞的大廳、四間臥室、兩間浴室、一個設備完美的大廚房、再加上後面三十平方米的大陽台，樓下還有一個可存放許多物件的儲藏室。奧維當時心裡已在開始計畫，把其中兩間房間騰出來，留做建築他的模型火車地盤之用。我則想，我們從哥本哈根帶過來的諸多家具什物，在這裡不愁找不到安身之地。次之，這間公寓的天花板比一般新建的摩登房屋高得多，室內的門、窗、牆壁、天花板均有古典別致的設計，給人一種舒適感。

屋主萬羅・約根森（Verner Jørgensen）先生跟我們說，這幢屋子是一位實業家在一九三〇年代為其家庭建築的。後來，他把這幢老屋子買下，把各層樓的浴室、廚房等現代化，然後當作公寓分層租出去。他自己把這戶二百多平方米的公寓留作自用，只因他的太太嫌每天駕車到另一城工作太過奔波，他才決定搬到太太工作的那個城去住。

這樣，這間公寓就決定了我們成為奧本羅城的居民。

屈指一算，我們在這所寬大雅致的公寓裡已經度過了五年的光陰，是五個安穩舒適的年頭。除了在氣候溫暖的日子駕車南遊外，奧維和我在家裡各做各的事情，他有他的工作室和電腦，我有我的寫作房和電腦，兩人的工作室只有一牆之隔，對著的是同樣的街景。

從我們的工作室望出去，映入眼簾的是滿眼的綠色。對街是一排並不太高的翠綠樹木，綠樹後面是一幢長形的白色平房屋宇，那就是蹲在山坡下的奧本羅市立圖書館，森林的筆挺樹木聳立其後，不同色澤的綠樹叢，一疊接一疊的往天空攀爬上升。冬天時，大樹的葉子都掉落了，一幢像古堡式樣的大屋便現形於光禿禿的枝椏間，那是二次大戰時德國人在山坡上建造的建築物，現今部分被政府使用，晚上沒有燈火，一片寧靜。

再斜望過去，是一幢外貌極富童話色彩的白屋子；看著它，我腦子裡總會浮出想像，童話故事的白雪公主就住在那幢屋子裡。在現實中，那幢房子名叫人民之家（Folkehjem），建於一九〇九年。奧本羅城有貴賓到來訪問、演講，本市居民聚會，或有喪喜事要辦筵席等都在那裡舉行。每當它晚上有活動，一屋燈火通明，更呈現童話氣氛，白雪公主在宴客；但該處的廚房平日是不對外營業的。

「人民之家」的旁邊是一條陡斜的山坡路，通往山上的大森林。奧維和我每週總有幾次沿著這條山坡路，到森林去散步，可經由森林一直走到鄰城去。走累了回家來喝杯熱巧克力，是一種享受。

住下以後，我們也很欣賞奧本羅這個城。此城的地理環境很好，坐落在丹麥南端一個海灣的頂端，背山面海，海灣水深，是一個供貨輪出入的運輸港，也設有兩個私人遊艇港。海灣的前頭有片占地很廣的沙灘，專供遊人在夏天嬉水及做日光浴，沙灘旁坐落有咖啡館和餐廳。

這個沙灘也是奧維和我常來散步的地方，坐在長堤上歇腳看海景。我更喜歡把想像力往歷史回顧，回到八、九世紀的時候，這裡好熱鬧，威震四海的維京人就是在這裡起家的。風和日麗的夏天，維京人的輕快龍船從這灣口的沙灘出發。數十艘刻有龍頭、身長約五十呎的木造戰船停擱在平坦的沙灘上，戰士們忙著把武器、盾牌、活的豬羊（航海時的糧食）、啤酒桶等一併載到木船上。裝備就緒，整隊戰船（每一艘由二十到三十個戰士划著）一窩蜂地出海去耀武揚威，在歐洲沿岸的村落做閃電式的搶掠，把整個歐洲鬧得雞犬不寧。

今日的奧本羅是一個很安靜的城市，人口僅十六萬，地方整潔、空氣清新、治安好。但它卻是個麻雀雖小，五臟俱全的小城；在城中的步行街上，從各式各樣的商店、露天咖啡館、多所銀行……到郵局、理髮店、修鞋店等等，一應俱全。街道上的屋子均是古屋重修，各有不同的式樣。每逢有客從哥本哈根來，奧維和我例行帶他們到步行街上的露天咖啡館去坐，一坐便是數小時，悠閒的氣氛讓人輕易的把時間遺忘了。

今日的奧本羅也是個邊境雙語區。一八六四年，丹麥與普魯士發生戰爭，戰敗的丹麥失去了王國南部的土地，奧本羅與現今德國北部的弗倫斯堡（Flensborg）同屬被割讓之地，變成德國帝國的領土。直到一九二〇年，該地區舉行公民投票，北面的奧本羅城居民以多數票回歸丹麥，南面的弗倫斯堡市民則選擇留在德國的懷抱裡。到了今天，德國居民在奧本羅是少數民族，有他們自己的德語學校、報紙、圖書館和遊艇港；在弗倫斯堡，丹麥居民是少數民族，同樣有自己的丹麥語學校、報紙、圖書館。可喜的是，丹麥人與德國人在這兩個雙語城市都能和平共存，相安無事。

奧維和我也非常欣賞在德國那邊的弗倫斯堡城，常開車到那裡，先逛街看商店櫥窗，那裡的物品漂亮、選擇多，而且那邊的德國價錢比丹麥的要便宜至少三分之一以上。那裡更有一家專門售賣模型火車的店鋪，是奧維每次必要進去逛的地方。走累了，我們便在步行街的一家露天小餐館坐下來，每次必定到這個餐館喝匈牙利牛肉湯，覺得其味特別香濃，為別處所不及。

如今，奧維的「肌萎縮性側索硬化症」替我們在奧本羅的那段安穩舒適的日子打上了句號，我們與這間公寓的緣分亦告終。公寓以前寬廣的面積現在成了它的缺點。奧維不但不能再像以前那樣幫忙我做家務，連他自己日常生活的大事、小事都要我幫他做，再要整理面積超出二百平方米的居處成了多餘的累贅。我們當然有權向市政府申請家庭助手來幫忙打掃；可是，市政府探視員在屋裡巡視一周後，不以為然地說：「你們只有兩個人，為什麼要住這麼大的地方？很不實際！首先應該考慮搬到小的老人公寓。」

職業治療師吉斯敦來看我們的浴室，用心思考，怎樣才可以把它改建成完全平坦的洗澡間，然後在中間安置一把特製的椅子，讓奧維坐著，由他人站在旁邊替他做淋浴，水也可以直接從磚地流走。方法是想出來了，召來專業工人開工，卻發現房屋的水管設置不能改動，只好放棄改建的計畫。

吉斯敦又送來一部紅色的電動輪椅車，供奧維外出之用。奧維見了很高興，幽默了一下：「啊，這是我的義大利跑車！」可是，他只使用過電動輪椅車一次，因上下樓梯把他的全部精力用盡了，最後的數級樓梯必須爬著才能完成，進入家門立刻倒在床上，筋疲力竭。我們向吉斯敦求助，她搖頭說：「此屋的樓梯太寬，中間又有一個大轉彎，不可能建座椅電梯。」

結果，奧維只好待在家裡，不再外出。漂亮的電動輪椅車停放屋後，用一個厚厚的塑料布袋罩蓋著。丹麥刮風下雨的日子多，漂亮的車子長日被風吹雨打，叫人看了覺得可惜萬分。竟然有個鄰居前來問我，願不願意把車子賣給他，讓他的太太上街使用。我只好令他失望，答道：「抱歉得很，電動車不是我們的私有物，屬於市政府。」

於是，我和奧維開始討論搬家的事情；但他對搬家沒有熱情。

「又要搬家！」他頹喪地說：「對我來說，再搬家是個夢魘。我怎能收拾東西！」

「你用不著擔心！」我安慰他：「一切由我來裝箱。你只要告訴我，你要帶走那些物件，我替你收拾。」

「妳一個人做，太辛苦了！我們就在這裡住下去，沒問題的。」

可是，我的意識已朝不久的將來看去，見到一段坎坷的黑暗道路在等著我們，那裡有看不見的陷坑，那裡有意料不到的障礙，搬家是走向這條路的第一個步驟。

「搬！」我斬釘截鐵地說：「我們搬家！」

雪中送炭的新居

決定了搬家，就要開始尋找新居。

新居必備的重要條件有四：一、它具有可承載殘障人輪椅車的升降機，不然就是直通向街道的平房；二、屋內裝設有專供殘障人洗澡的浴室；三、室內要有地方存放奧維的電動輪椅車；最後，地點要適中，方便我每天上街購物。

尋找具有這些條件的房屋，當然是先向市政府申請。奧本羅城的市長素以注重老年人和殘障人士的福利著稱，在市內、市外皆建有許多專供退休老人居住的房屋，但爭取的人也眾多，並不是隨要隨得。不過，自從市政府得到通知，奧維是個患了「肌萎縮性側索硬化症」的居民，對他的各項申請優先處理。奧維的申請書寄出後只不過兩星期左右，便接到電話，叫我們到房屋管理處領取鑰匙，可以自己去看房子，隨便看多久都可以。

奧維拿出奧本羅城的地圖，找到房子的所在地，原來是在奧本羅內城最古老的那一部分，雖然離我們的住處並不算遠，但奧維那時已經不可能上街走路，於是由我單槍出馬。

我懷著複雜的心情去看房子。一兜進那建於中古世紀的內城，走在左彎右拐的狹窄小街上，腳下的古老鵝卵石塊凹凸不平，我的心冷了一半。終於找到那棟屋宇，位於內城盡頭，是一座新建的公寓樓，從樓下到樓上果然有一個大如倉庫用的升降機。但，我一踏進那間公寓，頓時產生一種窒息的感覺；於是匆匆地在屋子裡繞了一圈：地方小，只有一個小臥室和一個設備陳舊的大廚房；天花板低壓，室內缺少光線。浴室倒是特為殘障人而設的，但極為簡陋。

這絕對不是奧維度過他人生最後日子的地方。

回家後，把我對公寓的惡劣印象一五一十地描述給奧維聽。又說：「我把鑰匙交還給那女管理員，說我們不會要那間公寓，她比我還失望呢。不過她答應，有另外的房子空出來的時候，她會再打電話通知我們。」

果然，過了不久，女管理員又打電話來。這次我學乖了，先去考察一下建築物所在地的環境，才決定去不去看房子。這次的屋子是在城的邊緣，我故意步行前去，看需要多少時間。到了那裡，我站在對街觀看那一排平房，一間接一間的小白屋子，不禁使我想起那是給鴿子住的地方；猜想屋子裡面大概跟上次所見的差不了多少。再看一下手錶，步行到這裡竟然用了二十分鐘，一來一往不就是四十分鐘了嗎！沿途不見一家商店，不見一個路人。於是，回家向奧做報告：這又不是我們居住的地方。

於是，奧維打電話跟房屋管理處說明清楚，我們對面積小的公寓不感興趣，等到有一百平方米左右的再通知我們。對方的回答是：面積這樣大的老人公寓少之又少，要等好幾年的時間。

就在這時，又有一位雪中送炭的人士挺身出來幫忙，不但替我們找到近在咫尺的新居，而且答應把新居修建成適合我們的居處。這位雪中送炭的人就是我們目前居處的屋主：萬羅。

過去的五年，萬羅成了我們的好朋友，常來我們家談天、喝咖啡。自從他知道奧維患了逐漸癱瘓的絕症，什麼都不能做了，他對我們更是照顧周到，處處幫忙。

有一天，萬羅帶來好消息，租隔壁那幢屋子的古董店主人退休結業，整棟房子退租了。萬羅準備自己動手，把老屋的內外全部整修一新。

他建議：「我可以把隔壁的屋子替你們修理好。在開工前我會先跟市政府的職業治療師吉斯敦商量，屋子內部應該怎樣改建來適應奧維的需要。估計半年後一切可弄妥當。明年夏天你們就可以搬過來！怎麼樣？」

萬羅為人忠誠可靠，守信守約。他具有一雙修理房屋十項全能的巧手，還有一個實用的腦子，屋子裡什麼疑難問題都能找到解決的辦法。他學機械工程出身，以前開了一家製造拖車的工廠，退休後把資本改投到建築業，在附近這一帶買了好些老舊的房屋，隔壁的那幢老房子也是他的。所有的舊屋子都由他親手修葺一新。奧維和我目前居住的公寓就是萬羅的傑作，曾被稱為奧本羅城最漂亮的公寓。所以，我們對萬羅是很有信心的。

我本想要樓下的那層，因打開大門便是街道；但奧維不贊成：「住樓下那層跟住在街上一樣。我們要樓上的那一層。」

於是，我先過去看樓上的隔間。那裡的面積比我們現在住的地方小了一半，分隔為一個小前廳、浴室、廚房，一個大廳、廳旁有兩個房間，後面再有一間比較小的房間。這樣，最大的那個房間可作為奧維的臥室，因他將來需要的輔助器物會有增無減；另一間則作為我的睡房，兩室隔廳相對，距離不遠，可以彼此呼應。屋後的小房間可用來放置我們的衣服、書本等物品。

我告訴萬羅，房間的分隔很適合我們之用，他無須更改。他也說，他會在屋內鋪上新地板，把所有的木門檻除掉，改裝上平滑的鐵板，適合奧維扶著助步車或坐著輪椅在屋內走動。

唯一使我擔心的是那道樓梯。

樓上那層公寓有自己的出入大門，位於樓下屋子的側面，對著一個長型的花園，出了大門要走過花園才能到達外面的大街。從樓下到樓上的那道樓梯窄而陡直。萬羅叫我放心，絕對可以找到解決的法子。他跟吉斯敦請了兩家不同的電梯公司來測量。第一家公司說樓梯過短，不能建座椅電梯；萬羅不同意，說這問題極容易解決，由他自己動手做好了。幸好，第二家來看的公司說，樓梯的窄度和直度正好適合他們公司所進口的座椅電梯。得到這個好消息，我們大家都嘆了一口安心的氣。

但屋子還有一個問題：通到花園去的大門前有三級挺高的石級，奧維的輪椅怎樣進出？吉斯敦有現成的解決辦法，她會請另外一家公司來，從門前石級處開始建一道逐漸傾斜的長跑道，沿著屋子的邊緣一直延伸到外面的街道。

萬羅又有好主意，把樓下靠樓梯的地方隔建出一個前廳，歸我們使用，將來奧維的輪椅、助步車及其他重大物件都可停放在那裡。

建跑道、裝座椅電梯、室內改建等的一切費用不必我們費心，那全是地方政府的責任，只是先要徵求得到屋主的同意，等到奧維將來去世後，一切也歸政府負責復原。

萬羅也向我們保證：「我會把一切弄好，使它成為你們的理想新居。」

我在奧維的工具箱裡找出一把可摺疊的長尺，到屋內量度各處牆壁的長、寬、高度，一一記錄下來，然後決定哪些家具、哪些畫、哪些書、哪些衣服、哪些室內植物可以跟隨我們到新居去；新居沒地方放、沒有地方掛的東西都要淘汰。

我們開始討論，什麼家具可帶過去，什麼物件將放棄不要。結果發現，要淘汰掉的物件很多，要扔掉的東西更多。奧維本來是個捨不得扔東西的人，但這時他對東西不再像過去那樣的留戀，除了必要的文件和他一生所蒐集的模型火車他要帶走以外，別的物件的去或留的命運全由我作主。

不久，萬羅開始修屋工程。他每天一大早就到，先在屋子的四周築了架子，粉刷整幢老屋的外牆。從我們的窗戶，可以看到他在架子上工作，耐心地挖去破舊的那層、耐心地塗刷上新的一層。粉刷工程做完，他開始修理屋頂，鋪蓋新瓦。外面的工程告一段落，他便消失進屋內，在那裡繼續工作。奧維和我看著萬羅每天從早到午勤快地修理屋子，對他的能幹和耐勞精神佩服得不得了。

我從街上購物回來，老遠看到隔鄰以前那幢陳舊的老屋面貌煥然一新，總要停步欣賞一下。我對奧維說：「我們未來的新居變得好醒目。好像賣火柴的灰姑娘穿上了新衣裳，整條街都因她漂亮起來啦！」

「可惜我不能出去欣賞她！」奧維遺憾地說。不過他還是朝好處看：「幸好，我們有萬羅這樣一個熱心幫忙的朋友！是我們不幸中的大幸。」

「對呀！」我隨聲附和：「中國人會把萬羅和吉斯敦稱為雪中送炭的人。我們的新居也可以說是雪中送炭的人帶來的禮物。」

最後一次搬家

我把二〇〇九年的日曆拿出來，在七月二十七日的旁邊做了個紅色的大記號。那天是奧維和我離開奧本羅寬大舒適的大公寓，搬遷到我們最後一個家去的日子。

這次搬家的心情跟以前各次都不一樣，我的心情好像一個颱風地帶，憤怒、焦躁、緊張、壓力、惶恐都在那漩渦裡衝撞。我並沒有把這種心情告訴任何人，包括奧維在內。但奧維對我的內在情緒一直像個寒暑表一樣，溫度的變更、升高、降低他都立刻感覺到。

「鬆懈一下！不要著急！一切都會平順完成的。」他溫溫柔柔地安慰我。「我們搬過那麼多次的家，妳已經是搬家的識途老馬，能幹得連裝箱打包的手藝都可媲美專業人才。這次我沒有能力幫忙妳，有什麼事妳做不來，叫萬羅幫妳。」

「我不需要別人幫我的忙！」我把肩膀一挺。

看到戴著頸圈的奧維、瘦削無力地坐在椅子上，但仍舊保持著他過往平和溫柔的態度，我心裡頓時醒悟，他從一個健康能幹的人變成連自己都不能照顧自己的殘障者，他內心當然也有其沮喪風暴，只是他能壓抑住他的憂懼、焦灼和不快樂，免得增加我的壓力。能夠這樣做，需要很大的勇氣。我佩服他的勇敢，同時也知道，他更需要我的勇氣支持他活下去。

當奧維在二〇〇八年得到松德堡醫院給他的「肌萎縮性側索硬化症」診斷時，醫院的一位治療師曾經問過我，需不需要心理醫生的幫忙？我當天的回答是：「不需要，我是我自己的心理醫生。」

後來，「肌肉萎縮症康復中心」的賀曼女士到我們家來訪問，她當著奧維的面勸告我：「讓我介紹一位心理醫生給妳。長期照顧像奧維這種病人的配偶，通常會患有憂鬱症，或者是內心有一股難以抑制的怒氣，都是正常的反應。如果妳這樣一個人默默地挨下去，妳終於會被壓碎的。」她特別強調「壓碎」兩個字。

她繼續跟我解釋，他們的中心聘顧有一位心理醫生，早年因汽車失事變成殘障，終生得坐輪椅，因此改修心理學。如果我有需要的話，那位心理醫生會自己上門來做訪問，提供免費服務。

感謝賀曼女士之餘，我的回答依舊是：「我不需要心理醫生的幫忙。我是佛洛依德（Freud）潛意識學說的信徒。可以替自己做精神分析。」

聽過兩位專家的說法，我心裡稍有安慰，我內心憤怒和焦灼的感情是正常的反應。

依照我的自我分析，我的憤怒並不是針對奧維，而是對命運的無言責備。我自認一生運氣好，人生順遂，無論遇到什麼凶險都能化險為夷。為什麼等我到了這把年紀，命運卻忽然把我的好運氣奪走？命運為什麼讓這件極糟、極壞的事發生在我的身上？真是可惡！

可是，我還是認為，憤怒比憂鬱來得有積極性；有憤怒就有反抗的力量，有反抗的力量就有行動。

結婚後，我們遷居高達七次：從埃爾西諾的郊區搬到哥本哈根的灰色兄弟廣場；然後從哥本哈根遷往西班牙海邊的畫家城阿爾特亞；不久又返回哥本哈根，先住在聖喬治湖畔，與鴨子天鵝為伴多年，後又遷居到海港的長堤，與美人魚做鄰居；後來又南遷到丹麥與德國的邊境地區，先住在一幢多樹多花的大屋子，跟著搬進在奧本羅城的家。每一次的搬遷都是一件興奮的事，只不過是走往前途的下一段，換個新環境，尋找新刺激，爭取新經歷、體驗新感受。

這次可不同！我們是走向前途的終點，等於坐火車旅行，下一站就到終點了，一個令人心悸的終點，充滿恐怖的不定數。

我曾大言不慚地向專家們說過：「我是我自己的心理醫生。」此時，我下意識地採取一種解脫辦法：扔棄物質的東西。

我們家裡有過多的物質東西，雖然其中有很多是美麗的東西、有價值的東西；但它們的美麗在我的眼中失去了光彩，它們的價值在我心中失去了重量。我只覺得它們擠壓著我，把我擠得動彈不得，把我壓得喘不過氣來。在我的潛意識裡，它們象徵著壞惡的運氣。藉著扔東西，我企望可以替那些在潛意識裡腐爛膨脹的負性情緒找到排泄的出口，從而減少精神上的壓力。

自從我知道，從寬敞的大公寓搬到隔鄰面積小了一半的公寓去是個定局，我便開始扔東西，積極地扔；凡是我認為多餘的物件——衣服、高跟鞋、擺設物、室內裝飾品等等，均被我不留情地拋進屋後的大垃圾箱去。

把書本遺棄倒是要橫下一條心。我有五個從地板伸到天花板那麼高的白色木造書架，它們沿著書房的一片牆壁排放著。每個書架的內部格式略有高低不同，放上書本後，在排排書本之間放置點小東西，這裡擺一個小裝飾物，那裡放一盤綠色植物，平凡的書架變成一堵頗有藝術情調的牆壁。我每次進出書房，眼睛總在書架上停留一刻，用欣賞的眼光去撫摸它們。

我在新居左測右量，發現那裡僅容得下一個大書架，很多的空間要留給奧維將來坐輪椅走動。這一來，只好忍痛割愛，來個大裁員，唯有那些最常用、最有價值、最有紀念性、最得我歡心的書本才能跟隨我到新居去。我亦曾跑到對面的圖書館去問，可不可以把書本送給他們；回答是：「圖書館不接受贈書，書本必須是他們自己訂購的。」那我只好回家向眾多的書本道歉：「對不起！對不起！我將拋棄你們。我是在逼不得已之下才這樣做的。」

不過，扔東西也不是那麼簡單的一件事。屋後每戶人家都有兩個綠色的大垃圾箱，垃圾公司的車子每星期來一趟，輪流傾倒一個。淺綠色的那一個箱子是放垃圾的，拿去焚燒化為暖氣。深綠色的那一個是專門放置回收物件的，箱內分兩格，一格只准放清洗乾淨的玻璃瓶、塑膠盒、空罐頭；另一格放舊報紙和紙張（書本除外）。

既然衣服、鞋子、書本等不算回收物，只能扔進放垃圾的那個箱子，而箱子的容量有限，我要扔的東西過多，那就只好分批扔。垃圾箱滿了，就要等兩星期，待垃圾車把箱子倒空了再扔。如是者，我花了半年的時間，才把扔東西的任務完成。

還有地窖的儲藏室！我們當年帶著搬家公司供給我們的二百多個厚紙箱搬入奧本羅的家，把需要用的東西拿出來後，空的箱子讓搬家公司來取回去，其他的由奧維搬到地下儲藏室。數年來，我從未到過地下儲藏室去，那裡存放些什麼東西都不清楚。

打開地下儲藏室的木門，我大為驚訝：「哎呀！我們怎麼會有那麼多的東西！」

幾十個大紙箱像一隊被檢閱的士兵，齊齊整整地沿著四堵牆壁站立著，一排兩行，每行三個箱子，堆疊得端端正正。我禁不住稱讚：「奧維做事果真有軍事秩序！」儲藏室的中間堆放著舊的床、舊的地毯、舊的收音機、傳真機、壞了的電腦、不再用的印刷機等等，也堆放得有秩有序。我花費了幾個鐘頭，把所有的箱子巡視一回，終於得到一個結論，裡面的東西均可拋棄。

「我覺得我們是兩隻大烏龜，拖著一大堆沉重不堪的東西，從丹麥的北端爬到南端來！」我向奧維做心得報告。「你在威尼斯買的那套紅玻璃酒杯也在那裡，滿滿的一箱子。你要不要把它們也帶到新居去？」

「我們今後不再請客了。每種款式拿出兩只就行了。」本來捨不得扔東西的奧維作答。我聽了有點驚奇，但心裡一陣舒暢，又可減去一個負擔。

我正在發愁，如何去處理儲藏室的眾多舊物，救星出現了。萬羅在隔壁替我們修屋子，見我每天從地窖進進出出，左手拿一包、右手拎一袋，神色匆匆，疼惜地說：「你照顧奧維已經夠壓力的了。小心，壓力過大會生病的。」

我跟他咕噥一下，儲藏室內東西太多，不知如何處理才好。他跟我進到儲藏室，一看便伸出一隻手按著我的肩膀，說道：「這些粗重事情，你不用幹！把你需要的東西拿出來，其他的都不要管。等你和奧維搬到隔壁後，我替你清理儲藏室。」

於是，一塊巨石從我的心頭落下。我再三多謝萬羅，把儲藏室的門鎖上，鑰匙交了給他。裡面的舊箱子、舊物件、舊機器……，我都不管了！

萬羅真夠朋友，還說我們用不著請搬家公司，他會動員他的兒子、親戚來幫忙搬運。但奧維與我都不願意如此勞煩朋友，搬家的事情是應該花錢請搬家公司來做。

扔了半年的東西後，裝箱的時候只需二十個箱子就夠了，比以前少了十倍。書本、衣服、小的室內裝飾物、不過重的畫幅等容易搬移的東西，我早已用一個月的時間，由我自己像螞蟻搬家那樣搬過去了。我兩手各提一個裝滿東西的旅行袋，一天兩邊來回奔走十趟左右，下了樓梯又上樓梯，不但不覺得累，反而在突然之間產生一種精神欣快感。

搬家的那一天，不下雨，也沒刮大風。搬家公司派來的人準時到達，早上八點整便按門鈴。門開處站著兩個幾乎比我高一半的年輕男子，笑容可掬地說：「我們是來搬東西的。」我原先有點擔心，搬家工人能否把我們家具中特別重、特別大的幾件經由陡度頗大的樓梯搬到樓上去。看到眼前這兩個生命力充沛的彪形大漢，我放心了。

搬家那天，奧維坐在舊居裡做指揮，告訴搬家工人那件家具需要搬過去，那件不用動，因有一半的家具我們放棄不要。我則先帶搬家工人到隔壁熟悉地形，那是一幢老屋翻新的房子，基本結構仍舊古式。然後我留在新住處，等搬家工人把東西一件、一件搬過來的時候，立即告訴他們：這件放在客廳，那件搬進第一個睡房……

兩個壯丁輕而易舉地把家具、重物都搬到樓上來了。中間他們只稍息一刻鐘，到了中午一切停當。所有的家具都站到我預先劃定的位置，新居成形，該是奧維過來的時候了。

從舊居到新居那段路，奧維堅持要自己走路。我站在新住處的大門前，注視著他從街上走過來。

他兩手執著助步車，一步拖著一步，走得很慢，走得很困難；但他面帶笑容、眼睛一刻不離開我地走過來。走到新住處的屋子前，他已精力全歇。門前仍有三級石階，到樓上還有樓梯，只好靠搬家公司那個身高接近二百公分的年輕大漢連挾帶舉地把他「搬」上去。

奧維歇盡精力走到他最後一個家的一幕，永遠銘刻在我的記憶裡。唯有我知道，他是使出超人的意志力，才能命令那不再服從他的肢體來步行完成這段路程。

那天也是奧維在人世間能夠自己走在街上的最後一次。

家裡變成一間醫院

二〇〇九年七月底搬進萬羅替我們修建好的新居以後，奥維和我心照不宣，這是我們最後的一個家了。從那時開始，奥維的病情急速惡化，日常生活中他需要越來越多輔助器的幫助。半年之内，我們家變成了一間醫院。

過去，我們兩人沒有生過嚴重的病，除了偶爾看一下家庭醫生以外，從來沒跟丹麥的全民福利制度有緊密接觸的必要。如今，如果沒有全民福利制度提供的各種居民服務，奥維根本就無法在自己的家裡生活下去。

居民服務處（Borgerservice）定義非常廣泛，但可以把它扼要解釋為：它是市政府的入門處。居民是指已經取得居留權、在本地市政府註了冊的市民；當他們需要跟市政府要求幫助時，均需經由居民服務處入門。

居民服務處以「居民第一」的原則，向居民提供各式各樣的社會服務，種類繁多。其中之一是：對殘障人士的照顧。丹麥社會重視殘障人士的生活素質，把幫助這些人盡量過有尊嚴的正常生活視為全民福利制度最重要的任務之一。

奧維的病被醫院診斷為「肌萎縮性側索硬化症」，患這絕症的病人屬於應該得到最多照顧的那一類殘障人士。從這時開始，奧維所需要的一切幫助都會得到居民服務處的批准。

搬家後不過幾天，一位護士便上門來訪問，交給我們一本名為「合作書」的簿子，裡面列著十多個部門，各有不同的任務、各有不同的聯繫電話。奧維在不久的將來所會得到的各種幫助均一律有文件跟隨，所有的文件應由我放入簿子中分門別類的部門裡。簿子之所以名為合作書，目的是希望市民、服務處各部門的工作人員、家庭醫生和醫院成為一個合作團隊。

對我們來說，「合作書」的到達正好象徵著一種新生活的開始。從此，我在我們最後的一個家採取「門戶開放政策」，日間不再鎖門。所有到訪的人士亦都知道，我們家的大門總是開著，他們只需按一下門鈴，報告有人來了，便自行進入，無須等我下樓開門。

「合作書」裡面的多種服務部門，奧維並沒有全都使用。僅把他曾經得到過的各種居民服務簡略介紹一下：

護理

每個星期三上午十一點半到十二點，是護士到訪的時間。這是奧維自己指定的時間。我們居住的這一區叫做北區，有四個護士在二十四小時之內輪流值班。她們的工作是訪問病人，打針、幫忙服藥、改換傷口包紮等護理工作。但奧維無打針之需，無藥可吃、亦無包紮傷口的需要，護士的到訪就是坐下來談談，觀察奧維病情的發展，看他有什麼需要，然後回到辦公室寫報告，呈遞給奧維的家庭醫生。

很快，我們跟四位輪流到訪的護士都熟悉了。她們都是很友善的女士。其中，我特別喜歡維琦（Vicki）和耶蒂（Jytte），輪到她們來看奧維的時候，我心情特別開朗。大家坐下來，像朋友那樣談一下。

晚上，護士們也開著車子巡邏我們居住的這一區。耶蒂說過：「我半夜開車經過你們家，總會抬頭看你們的窗戶。我常常看到奧維坐在窗戶旁邊。」

護士們在我們家裡放置了一個緊急呼救機，與護士中心連結起來。我只需按一下按鈕，說：「我們需要幫助！」中心立刻收到音訊，在機器上放出響亮的回音：「幫助人已在途中，快到了。」如果我急起來忘了自報姓名，她們也會知道緊急求救的訊息來自我們這裡。我們家大門旁的牆上也安裝了一個小鐵盒，裡面放著大門的鑰匙。護士們有一支總鑰匙，可打開小鐵盒子，拿出鑰匙來開門，進入我們家。

家庭助手

每個星期三下午一點半，有兩個家庭助手一起來，替奧維洗澡，換床單，然後在客廳吸塵、洗廁所和樓梯。這個時間也是奧維自己選擇的。

這時，奧維已經失去了獨自站立的能力，不能夠再站著洗澡，一定要坐在椅子上。於是，先有一個護士長到訪，看我怎樣替坐著的奧維洗澡。她見到我一下子要低頭蹲在地上，一下子又要爬起來，辛苦得很，便對我說：「妳不用做這工作。我派家庭助手來給奧維洗澡，每星期一次。」

家庭助手並非護士，但受過專業訓練。她們替坐在椅子上的奧維洗澡、洗頭、穿衣服時，我總站在旁邊觀看，或幫點小忙。受過訓練的人果真不一樣，那些我吃力掙扎做的，她們輕而易舉，做得又快又好。可是，家庭助手換來換去，每次來的幾乎是不同的人，大多數是女性，其中只來過一個年輕的男助手。他長得高高大大，我對他說：「你高大，有力氣，最適合做這種工作。」他的回答叫我驚訝：「這與力氣無關，全靠技術。」他說。

到訪的護士長又對我說：「因為妳照顧奧維的日常生活，所以我們派家庭助手來幫妳打掃屋子，減輕妳的負擔。」

我要求家庭助手替我清潔客廳、廁所和樓梯。奧維私下勸我：「為什麼不要求她們把整棟公寓都打掃清潔？這是她們的專業工作，多做無妨！如果沒有妳照顧我，政府得把我送進療養院。妳可知道，療養院的一個床位要花多少錢？妳替政府省了很多錢呢！」

「我不需要她們多做。」我答道：「我最討厭洗廁所和樓梯。她們替我做了這些我最討厭的事情，就足夠了。」

輔助器房

輔助器房是女職業治療師吉斯敦的辦公室，也是給予奧維最多幫助的部門。在過去的一年，她是我們家的常客，帶給奧維許多的輔助器具和機器。特別設計的杯子、餐具、吃食用的桌子、座椅、看書的架子、浴室設備、特別高的廁所、助步車、手推的輪椅、上街用的電動輪椅等等，都先後在我們的家裡出現了。吉斯敦還說過：「各式各樣的輔助器我們都有，實在多得不勝枚舉。奧維有什麼需要、有什麼問題，告訴我。一切的問題都可以找到解決的辦法。」

當我們搬到新居後，吉斯敦便儘快把座椅電梯公司請來，在我們家的樓梯上安裝一道座椅電梯。前來安裝的技師一進門就要求，他要看一下坐這張電梯座椅的人。我回頭喊坐在室內的奧維：「奧維，你出來讓這位師傅看一下，你是不是個大胖子。」技師一眼見到身體非常瘦削的奧維，微笑點首，不再多言，立刻開工。

這是奧維和我第一次見到座椅電梯，大開眼界。座椅輕盈得很，假如奧維是個大胖子，椅子是容不下的。電梯沿著樓梯建好了，一點都不顯得笨重，也不妨礙別人的上下。

座椅電梯的操作簡單方便：我先讓奧維坐到座椅上，然後把椅子兩旁的墊手板移放下來，讓他的雙臂平放上面，跟著就是把椅子下方的腳板拉出來，擺放他的雙腿。他這樣坐穩了，覺得很安全。此時，他只需自己用手指輕按著墊手板前端的小按鈕，椅子便會慢慢地沿著樓梯往下降落。上樓梯也是同樣的操作程序。如果奧維不能自己用手指按按鈕的話，座椅電梯的上與下均可由我使用遙控機控制。我們兩人對座椅電梯非常滿意，它替奧維解決了上樓、下樓的大問題。

座椅電梯安裝好了，下一項工程便是在我們的屋前建一條跑道。一個下午，吉斯敦派來的三個男工人穿著深藍色的制服，駕著大貨車來到我們家。貨車的後部載滿了長長的錫管和大片的方形錫塊。工頭對我說：「太太，我們只在戶外工作，無須進門打擾妳。」

於是，我把大門關上，讓他們在屋外工作。他們下午三點鐘才開工，到了五點，早已過了一般工人收工的時間，我仍然可以聽到他們在外面叮叮噹噹地工作。我對奧維說：「他們在開夜工呢！工程一定相當大。」他答道：「你用不著替他們擔心！開夜工是拿雙薪的。」

到了六點鐘，門鈴響了，長長的一聲。我趕快跑下樓去，打開大門。工頭很有禮貌地說：「太太，我們做完了。」

一道長長的銀色跑道出現在我的眼前，仿如一條銀橋。它是由原先堆滿一車子的錫塊、錫管拼湊而成。我立刻在跑道上來回走了一趟，還在上面跳了幾跳，跑道堅實又平穩。

「你們真能幹！」我稱讚他們。三個人聽了，臉上都露出滿意的笑容，收拾工具回家去。

我又趕忙跑回樓上報告新消息：「奧維，到窗戶來看一下，外面的跑道好漂亮！」

跑道從門前的石階上開始，先是一個方形的小陽台，然後沿著屋子的外牆壁往前去，坡度逐漸低落，一直延伸到小花園與街道的接界處停止。

「這是我到外面世界去的通道！」奧維看了跑道，也滿懷高興。「我還可以坐在跑道的小陽台上曬太陽、看街上來往的車子。」

現在，座椅電梯和跑道都有了。可是，如何讓奧維從樓上移動到樓下，然後再坐輪椅外出？仍然是個要解決的問題。

我跟吉斯敦又一起動腦筋，找到了解決的辦法：奧維在樓上和樓下應該各有一部助步車和輪椅。於是，吉斯敦派人再送來助步車和輪椅各一，放置樓下做後備之用。這樣，奧維可自己依靠助步車走到座椅電梯旁，我幫助他坐到電梯的座椅上；他坐好了，我就先下樓梯，拿著樓下的助步車等著。奧維自己按電梯的按鈕，座椅慢慢移動下樓；座椅一到下面，他就能夠靠著助步車支撐站起來。這時，我再幫助他坐到輪椅上。一切就緒，我便可以把他的輪椅推出到門外的跑道陽台。

如果我們要到醫院去，奧維便打電話到服務處的交通部，叫一部可載輪椅的中型計程車來接他，並告知有隨行的人。這些計程車都與居民服務處簽有合同，費用由居民服務處支付。我們曾經接觸過的計程車司機均很友善，服務態度非常好。他們使用升降板，把奧維的輪椅從車子後面推上車去，然後把輪椅在車內穩固地綁好才開車；我則是隨行者。

過了一段時間，奧維發現他不能從睡床上起來，甚至在床上轉身也有很大的困難度。吉斯敦決定派人送來一張醫院的病床。

輔助器房倉庫的管理人員，負責運送各式各樣輔助器，他與我從來沒有互通姓名，但見面時兩人總是像鄰居那樣講幾句客套話。他是一位六十歲左右的男士，只說一口本地的土話，這種土話與哥本哈根人講的丹麥語有很大的差別，連奧維這個土生土長的丹麥人也無法全部聽得懂。奧維聽著我與那個管理員牛頭不對馬嘴地嘩啦一回，他總是忍不住要笑。

一天，倉庫管理員帶著他年輕的男助手來了，把一大堆的零件搬到樓上，在奧維的臥室裡開始搭裝，不到十分鐘，一張可升高、可降低、可彎曲、可移動的醫院病床就顯現在我們的眼前。次日，吉斯頓又親自送來了兩張特製的床單，床單中間是用絲做的，可減少身體與床墊的磨擦，使得病人在床上轉身來得容易些。

病床的到來，替我們本來已經裝滿病房設備的居處塗上煞筆的一畫。我們家變成了一間醫院。

牙科護理

奧維和我有定期到牙科醫生處檢查牙齒和洗牙的習慣。現在奧維無法自己出門，見到「合作書」中有牙科護理這一部門，便打電話去約時間。

我們兩人都帶著點好奇心，等待牙科醫生上門。那天，我們從窗戶看到她們，兩位穿著頗為入時的中年婦女，提著黑色的醫護箱，有說有笑地朝我們家走過來。

她們進門後，跟我們也照樣是有說有笑，還跟奧維交換了好些幽默笑話。她們讓奧維原封不動地坐在靠窗那張特製的高椅上，其中一位女士從醫護箱拿出儀器，開始替奧維檢查牙齒。

檢查工作在輕鬆的氣氛下完成，女牙醫一邊工作，一邊稱讚奧維的牙齒好，沒有動手術的需要。半小時左右，她們離去，告別時笑著說：「過半年我們再來。」

對我們來說，這次牙科醫生上門是很新鮮的經驗。兩位女士沒有使我們覺得是看醫生，反而好像在家裡開了一個愉快的派對似的。她們把一股歡樂的氣氛帶進家裡，無形中替我們的心情打了一針開心劑。我感激她們。

以上所提的一切服務和輔助器物均是免費。但輔助器物不是永久的給予，僅是暫時性的借用，等到奧維去世後，全部被收了回去。我曾對奧維說：「在沒有福利制度的國家，你這個病只有大富翁才病得起。」奧維答覆：「你忘了！我們兩人一生付了多少的稅？現在只不過是拿回來一點而已。」

嚴謹的公私分開界限

居民服務處派來幫助我們的人員，不管是治療師、護士、家庭助手、運送物件來的搬運工人、計程車司機等，均具有無可挑剔的服務態度；他們有禮貌、有笑容、表露關懷心、樂意幫忙、做事能幹。但是，他們亦都遵守服務處的嚴格規則：不能與接受服務的人發展私人交情，或有任何金錢糾葛。

當第一個家庭助手到我家來的時候，她要求我買一些適合她用的清潔工具。我說：「我把錢給妳，妳替我買，不是更好嗎？」她趕緊回答：「那不行！我是不准拿錢的。」

另一次，我自己不方便出去，要求前來的男家庭助手替我到藥房拿藥。他不好意思地說：「這事情，我極願意替妳做。可是，我們不准替人上街跑腿。如果我違犯了這規則，會丟掉我的工作！」

不久之後，我聽到一項小新聞廣播：有一個家庭助手被開除職位，原因是她參加了她所服務的退休人士的生日慶祝會。這條新聞乍聽起來有點像是小題大作，但令我真正領悟到，丹麥的全民福利制度之所以成功，是因為制度有極嚴謹的公私分明的界限，盡量防止舞弊行騙、貪污、私下講人情等弊病的發生。

等到奧維離世以後，所有前來幫助過他的服務人員會與我斷絕關係，連那位被我視為「雪中送炭患難之交」的吉斯敦也不會再到我家來。我與她的一段友情，因奧維的患病開始，也會因奧維的離世而結束。那條嚴謹的公私分明的界限是不可逾越的。

在順境、在逆境

二〇〇九年十二月二十日，回憶四十年前的今天，我在埃爾西諾城的古堡教堂裡發下結婚誓言。那天我在主持婚禮的牧師跟前對奧維說：「我願意與你結為夫妻，……在順境、在逆境、在富有時、在貧窮時、在病痛中、在健康時我都愛你、珍惜你，至死我們才分離。」

四十年前，我把誓言說得輕輕鬆鬆，完全沒有注意到內容深藏的意義。如今，我才領悟到「在逆境、病痛中我都愛你、珍惜你，至死我們才分離」這幾個字的重量。在奧維與我的婚姻中，順境遠比逆境多，而且逆境都是小逆境，也大都由奧維掌握著船舵，渡過逆流。如今，我們處在共同人生中最嚴重、最激烈的逆境；而這一次掌舵的卻是我自己一個人，在急流激波上的狂風暴雨中掙扎，只盼小舟不會傾覆，躺臥在船後的奧維再也無法出力幫助我。

奧維是最愛自由的人，沒想到會有這樣的一天，他自己的軀體成為他的監牢。他不能自由行動、他不能外出，每天都被強迫坐在家裡。我做了他的眼睛，上街購物回來告訴他，哪一間店鋪關了門、哪裡出現了一棟新建築物、我在街上碰到哪一個鄰居、鄰居發生了什麼事情等等。

以前，奧維不但處處保護我，而且幾乎凡事照拂我；如今，他不但事事都要依靠我照顧，而且從保護者的身分一變而為被保護的人。他對我說：「你不在家的時候，我覺得很不安全。」

在這段大逆境的日子中，我們每天有一定的起居程序。每天早上，我先起床，自己略作打扮，穿著整齊（我的打扮是一種多年不渝的習慣，跟早晨起來後立刻穿衣服的心理一模一樣。而且，奧維也不會喜歡看到我不顧自己的容顏）。待我把自己弄好了，便去叫奧維，輪到他起來。此時，他已經不能自己起床，要等我來到床邊，把他的右腳和右腿從床緣上搬移到地上，然後搬移左腳和左腿。這樣他才可以握著助步車從床上站起來。

奧維是一個注重衣著的男人，在家裡亦然。如今，以前的漂亮衣服都成了廢物，不能再穿了。我替他買了幾套運動服，不但實用，而且我可以不需要費太大的力氣就可替他穿上、脫下。

穿著妥當，他就坐到那張特別為他而設計的桌子。我從洗澡間捧出來一大盆溫水，放到桌子上，先替他在胸前掛上一大片塑膠布（從理髮師那裡買來的），開始替他洗臉、洗手，用電動刮鬍刀替他剃鬚，然後再替他梳頭髮。至於刷牙，尚不需要我幫忙；他改用電動牙刷，很費力地用一隻手托著另一隻手，讓電動牙刷在口內自動的轉動。凡是自己能夠做的事情，他還是堅持自己做。

這些幫他起床、穿衣、梳洗均是很花費時間與工夫，進程緩慢，等到全部做好，大概兩個鐘頭已經過去。這時我們才開始用早餐。奧維已經到了任何食物都不能吞食的程度，早晨、中午、晚上三餐均喝流質的營養飲品。但他保持他的紳士禮貌，三頓餐都坐在桌旁陪我進食，有的時候帶著笑容說：「看到你的胃口那麼好，我真羨慕！」

奧維是一個愛看書的人，但看書的愛好權終於被病魔剝奪了。當他的頭與頸再不允許他閱讀書本之後，他仍可看雜誌，常叫我到對面的圖書館去借有關火車和汽車的雜誌回來給他看。過了一段時間，他的手指不能轉動了，連翻紙頁的能力也失去，只好與雜誌告別。幸好，手指尚有微弱力氣，足夠他按電腦鍵盤上的按鍵；於是，日間大部分的時間，他都坐在電腦前，上網瀏覽、看新聞。看電腦看累了，他便移動改坐到放在窗旁的特設椅子上，希望能驚鴻一瞥地看到他素來最欣賞的漂亮跑車在外面的街道上飛馳而過。

今天，二〇〇九年十二月二十日，是我們兩人結婚四十週年的紀念日，是個大日子。

在過往，我們並沒有大擺筵席來慶祝結婚紀念日的習慣，因我們兩人都不注重外表的隆重儀式，也不喜歡鋪張擺排場。在過往，每逢這具有私人意義的重大日子，我們總是喜歡兩人靜靜的慶祝，到氣氛羅曼蒂克的餐館去吃頓晚餐，在柔和的燈光下舉杯互道：「謝謝你，又是一年了！」現在，我們什麼地方都不能去，也不可能在家裡自己做菜來享用。

但，奧維有一個特別要求：「我要看看我們的結婚照片！」

「好主意！」我立刻贊同，跑進書房，從櫃子裡取出那本貼著結婚照片的舊相冊，放在奧維前面，一頁、一頁的翻給他看。

唉！多少年我們沒有看這些照片了！

「我有一個美麗的太太！」奧維開口第一句就這樣說。在奧維的眼中，我永遠是美麗的，從他在義大利郵輪上第一眼看到我，一直到四十年後的今天。時間沒有沖洗掉這印象，這就是情人眼裡出西施的證明。

我看著奧維和我當年在教堂裡的照片，他穿著黑色的燕尾服，我穿著落地的白色新娘禮服，披著白頭紗，不禁驚嘆：「那時我們多年輕！看，我們的身材多苗條！」

「妳這件衣服在哪裡？再穿給我看一下。」

「壓在箱子的下面。」我答道：「現在怎麼還能穿得上？算了吧！」

當年，我們之能夠得到批准，在那個十五世紀古堡裡的教堂舉行婚禮，是因為奧維是埃爾西諾城之子，凡是在該城出生的人都享有這特權。雖然那麼多年過去了，我們還記得很清楚，那天是一個異常寒冷的冬日，古堡旁邊的海峽結了冰，厚厚的銀白冰原從丹麥一直延伸到對岸的瑞典；可是在古老的教堂裡，我們並沒有冷得瑟縮發抖。

古色古香的小教堂裡坐了五十多位來賓。奧維的家庭相當大，他的祖父、祖母、父母親、四個叔叔、四個嬸嬸、六個堂弟，表姐和表姐夫及一些好朋友都來了。我自己的父母親沒能來，父親有嚴重的哮喘病，根本來不了這冰寒的地方；母親最不喜歡出門旅行，當然也沒有來。

雖然是單獨一個人在寒冬異域與外國人結婚，我那天一點也不覺得孤獨，因我背後有一批朋友做我的啦啦隊。當年我在柏克萊大學念書的時候認識了一幫歐洲朋友，其中有好幾位此時都回國了。我在柏克萊的好友「方夫人（Madame Fang）」和她的美國先生也剛好從美國到了瑞士的「歐洲核子研究中心（CERN）」做研究工作（這位女性朋友是從台灣來的，她在柏克萊修的是原子能物理博士學位，當時，我們一班念文科的中國女性朋友都羨慕她的聰明，說她將來一定會像居里夫人〔Madame Curie〕那樣獲得諾貝爾獎，於是索性把她叫做Madame Fang）。這些熟朋友得知我在丹麥結婚，都從德個、瑞士、英國專程趕來參加我的婚禮，為我捧場助陣。

我的父親沒有來，那麼誰伴我進教堂呢？我請了奧維以前的足球教練雅格先生來擔當這重要的任務。雅格先生那時已是六十多歲的人，身段飽滿、一頭白髮亮晶晶、頗有高貴的氣質，正是好人選。當我向他提出這請求，他高興萬分，即時答應：「這是我的光榮！」

婚禮結束以後，我們在該城最有名的大酒店開雞尾會招待來賓，晚上再與最親近的家人和朋友共進晚餐。

四十年後，奧維和我重看那些與來賓在宴會上拍的照片，心頭湧起一陣溫馨的懷舊感。細看照片上的人物，個個容光煥發、身壯體健；我們喜氣洋洋地站在那裡，笑得好開心。但，很快的，我們初看照片時的溫馨懷舊感被另外一種傷感代替了。

「唉，照片上的許多人都不在了！」奧維感傷地說。

「是呀！照片上老的一代都走了。」我也感嘆：「每一個都走了！」

奧維的父親是在我們結婚後的第七年突然逝世的；次年，他的祖父和祖母像一對雙飛蝴蝶那樣同時離開人世；兩年後，他的母親也跟著走了；在過後的年頭，他的叔叔、嬸嬸相繼而去。那位伴我走入教堂的白髮雅各先生當然早已不在！

我與我的公公、婆婆感情很好，也很喜歡跟他們在一起。我甚至曾經向他們提議過，奧維和我買一幢比較大的屋子，讓他們也跟我們一起居住；但我無法說動他們，因為丹麥人絕對不願意在老年時跟兒女同住，我的公公與婆婆也不例外。僅在我們的極力邀請之下，他們才偶爾同意跟我們一塊兒到外國去度假一個星期。他們始終覺得還是我們兩個年輕人自己去享受假期最好，讓他們在家裡照顧我們的愛貓。

最讓我公公高興的事情是，奧維和我每個星期天必定到他們的家去，跟他們一起吃一頓餐。我的公公不但喜歡星期日下廚做菜，而且是個做菜高手。當他看到我吃得津津有味，聽到我連連的讚美，整個人樂滋滋。

每個聖誕節，我們也一定跟奧維的父母親度過。我公公所做的傳統丹麥聖誕餐——烤鴨和烤豬肉可說是味道甲天下。自從他去世後，我再沒有吃過像他做得那麼味道精美的丹麥餐食。後來，我自己也學會了做這兩道丹麥傳統菜；但無論如何用心去做，總比我公公做的遜色多倍！

結婚相冊的照片看完了，我又翻回到那些與奧維的父母親在酒店雞尾會上的合照，留戀地重看：「瞧，那天我們多高興！真可惜，Far 和 Mor 那麼早就離開了我們！」（Far 和 Mor 是我對公公與婆婆的稱呼，即丹麥文裡爸爸與媽媽之意。）

奧維沒有出聲，很艱難地把手放到照片上，用手指輕輕地撫摸了一下。

我把相冊蓋起來，正要拿著它走出房間，忽然聽到奧維說：「妳不要離開我！」

我驚奇地回過頭：「奧維，我怎麼會離開你？」

「我晚上坐在窗戶旁邊，覺得自己在世界上是孤零零的一人。我什麼都不能做！」這是奧維生病以來第一次道出他內心的憂鬱。他再說一遍：「妳不要離開我！妳是我的一切！」

「我不會離開你！」我回到他的身旁，把手放在他消瘦無肉的手背上，繼續說：「四十年前的今天，我不是發過誓嗎？在逆境時、在病痛中，我愛你、珍惜你。我們至死才分離！在今天這個大逆境中，我用行動來表達我對你的愛。」

「我不會離開你！我不會離開你！」我重複地、堅定地說。

成功的婚姻是個花園

結婚是一件很好的事情，天下人人都應該嘗試這美好的滋味；但婚姻也是一件難為的功業。

古往今來，不幸福的婚姻遠比幸福的多。遠瞻近觀，相敬相愛的夫妻遠比相煎相熬的夫妻少。在今日的開明社會，離婚律很高。那並不是因為今時的失敗婚姻變得比過去多；主要的原因是，今時的女人有了經濟的獨立能力，社會的觀念也改了，不再歧視離了婚的女人，使得女人有勇氣走出痛苦的牢籠。再深入觀察，那些白頭偕老的夫妻中，可能有一半是過著困獸猶鬥的生活，兩人跳著精神虐待的死亡舞蹈，你憎我厭，至死不渝。他們的婚姻並非成功的婚姻。

以上所說並非玩世不恭之言，也不是憤世嫉俗的悲觀論，而是指驢為騾、指馬道馬的坦白真言。換句話來說，失敗的婚姻是一個戰場，夫妻兩人在上面龍爭虎鬥，彼此折磨；成功的婚姻是一個花園，夫妻兩人用感情與理智悉心栽培的花園。

我自認，奧維與我這一段中西婚姻是一個成功的婚姻，一個栽培得很好的花園。在結婚四十年之後做婚姻的回味，有如做一個婚姻分析。我認為，使我的婚姻花園長得茁壯的主要因素有三：

首先是，奧維和我能夠完全接納對方，等於花園有了健康的土壤，使得我們的愛情得到良性滋養，生根長枝，每年葉盛花開。

奧維與我不但種族不同，在性格上也有天壤之別的差異。如，他心靜、我性急；他保守、我愛新奇；他做事徹底周全，我好冒險創新；他對物件小心珍貴，我對財物粗心大意……性格相異的單子長得很；總的來說，我們是對方的反面。

可是，我們完全互相接納，除了欣賞對方的優點之外，更能接納對方的短處。在共同生活的歲月中，我們尊重對方與自己的不同處，從不彼此做刻薄無謂的挑剔，也避免做傷感情的批評。我很慶幸，我們兩人都能有意識地這樣做。因我從年輕時代開始，便有選擇配偶的原則：莫問對方有多少優點，最重要的是，對方是否有自己絕對不能容忍的缺點；不但如此，也要求男方能接納自己的缺點。江山易改，本性難移。如果一對夫婦之間有互相不能容忍的缺點，朝夕挑剔、批評、嘲諷、吵架，就是給婚姻花園的土壤不斷地下毒藥，兩人的感情很容易從愛演變為怨與恨。

因為奧維與我彼此完全接納對方，許多在日常生活中可能發生衝突的稜角，也就自自然然地變成哈哈笑的圓圈。

有一次，我們跟一對朋友在外面吃晚飯，飯後奧維和我散步回家。我回家換衣服的時候，不經意地說：「奇怪，我的手鐲不見了！」那只手鐲是我們在希臘度假時，奧維在一座小島上買給我的。手鐲的設計獨特、手工精美，甚得我的歡心。

「怎麼會丟掉呢？」奧維心疼地說：「那麼漂亮的手鐲，要再買也買不到。我上街去找。」

「算了，算了！只不過是一只手鐲，何必花那麼多的時間和精力去找！」我蠻不在乎地說。

但奧維執意要去找，拿著手電筒出門了。過了一個多小時，他空手回來，失望地說：「我沿著我們步行回家的那條路倒走回去，一路低著頭，眼睛死盯著地面，手電筒東照西照，就是找不到那手鐲！」

我哈哈地笑起來：「街上的人一定以為你是個傻子！」

奧維一聽，自己也忍不住笑起來。

另一次，我在廚房裡調製丹麥人每頓餐都必備的肉汁，需要慢慢攪拌多時才會做得好的。我一邊攪拌，一邊看書。奧維剛好跑進廚房來拿東西，看到這情境，讚美地說：「真好！妳在看食譜做菜！」可是，他走近一瞧，不禁呵呵大笑：「妳是個道道地地的藝術家！」因為我看的並不是食譜，而是一本有關歐洲文化的書。此後，奧維自告奮勇，做肉汁這種需要耐心的工作由他來做。

每當奧維看到我衣冠不整，會假裝正經地說：「啊！妳現在是不是要去拜見女王？」我也懂得回敬他的「恭維」。當我在電視上看到特別的東西，會靈機一動地喊：「奧維，趕快出來看！」他出來了，我指著電視螢幕說：「看電視上的那個！跟你像極了！」螢幕上是一隻張著巨口的大河馬！奧維笑得連臉都紅了：「原來妳也學會了丹麥幽默！」

當然，花園也需要適度的肥料灌溉。穩固的經濟基礎、良好的性生活、永遠記得給予對方讚美、彼此體諒讓步、分工合作、培養共同興趣等等，都是婚姻的肥料。

培養共同興趣是理智性的肥料，也是對我們婚姻花園健康生長最有影響力的第二個因素。愛看書、對研究歷史有濃厚的興趣、對動物的深愛，都是我們帶進婚姻的共同興趣；結婚後我們兩人自動地培養新的共同興趣。奧維最愛看足球、也愛看拳擊賽。我對這些運動本來毫無興趣。但為了要跟奧維分享他的嗜好，我學會了看足球，看的時候完全投入，跟他一起緊張、喝采、歡呼、失望；我也陪他看拳擊賽，而且還有了自己特別欣賞的拳王。

我喜愛唱巴伐利亞地區（Bavaria）的德文民歌，一聽到那種充滿生命熱力的音樂便心花怒放，同時在腦際裡夢想自己也在跳當地的土風舞。奧維本是一個不唱歌、拒絕跳舞的男人；但我們每次駕車到南德、奧地利去度假的時候，他一定尋找有這種音樂的地方，讓我在那裡唱歌跳舞，盡情歡樂。在家裡，每逢電視上播送巴伐利亞音樂的節目，我們一定整個晚上看。奧維看到我陶醉其中的樣子，還取笑說：「妳在前世一定是奧地利高山上的村民！」

第三個重要因素也是理智性的：我們的花園裡有寬敞的「個人」空間。奧維從來不向我表露妒嫉、憤怒、占有慾。我常因工作、寫作、友人的邀請要獨自外出旅行一段時間，奧維從不表示不高興、從不反對、更從不出言禁止。我去時，他送我到機場或火車站；我回來時，不論時間多不方便，地方多遠，他總站在那裡等待著接我。回來後，他平靜地告訴我：「妳離開了以後，我每天都在想著，妳今天到了哪裡？我每天都在數著，妳還有多少天、多少個小時就回來了。」

同樣的，我鼓勵奧維跟他的好朋友到別的城市去參觀模型火車博物館，或看火車頭展覽。我瞭解，我陪他去，反而令他不能盡情享受，因他知道我看了一下就發悶，他自己也就不願意久留。若他跟對火車有同樣熱情的朋友去，有講述、有討論、可在火車間流連忘返，神遊「火車王國」。這種樂趣，我無法與他真心分享，但絕對不希望他因我而放棄。

奧維也從來不強迫我做任何事情，每件事情都由我自己做最後的決定。同樣的，我從來不向他發號施令，要他服從我；他在家裡替我做很多的事情，都是他自願、自動做的。我也不是到哪裡都要拉著他陪我去，如，凡是清一色華人的聚會、全是說中文的宴會，我會自己單獨去。若他去了，什麼都聽不懂，沒人能與他交談，只有哄然的聲浪與他作伴，無疑折磨他如坐針氈。

我也從來不把奧維看作我的另一半。我們雖是夫妻，但仍然是兩個獨立個體，各有所長、各有所短。我們一方面平行並進，互相攙扶；在另一方面，我們亦可以發展自己的事業、追求自己的興趣、保有自己的朋友，正如花園中的兩株大樹，在同樣的土壤上一起生長，但樹上長出來的是不同的花朵與果實。兩樹的枝葉一齊隨風飄動，但樹與樹之間有寬綽的空間，枝葉沒有死纏密繞，致使大家因長久缺乏陽光與空氣，慢慢窒息枯萎。

四十年的悉心經營，我們的感情在花園的泥土下札結成堅韌的連理枝。我們不僅是夫妻，我們是至好的朋友。我們不僅能感到對方的快樂，也願意毫無保留地展露自己內心的憂愁，同情地投入對方的苦惱中。我們之間也有靈犀相通的相知感，他腦子裡在想什麼，我都「聽得見」；我正要說的話，先從他的口裡溜出來。

誠然，奧維與我的中西婚姻是一個美好的花園。天長地久有時盡，與永恆相比，塵世凡人的花園，無論多美，也只是瞬息即逝的成就。但在人世停留的那一瞬間，能曾經擁有過這樣的美麗花園，不虛此行。

冤魂附身

窗外不斷傳來轟轟然的爆竹聲，窗外的天空閃耀著五色繽紛的煙火。人們在熱鬧地慶祝新年的到來。奧維和我並沒有像過往那樣舉起香檳酒杯，共祝「新年快樂！」我們知道，我們不會有一個快樂的新年，說新年快樂反而顯得虛偽。而且，在我們的腦際裡都出現同樣的預感：二〇一〇年很可能是奧維人生的最後一年！

新的一年以「雪后」的面目登場，厚厚的雪花天天飄個不停。街道上積雪數吋，一片白茫茫；落盡葉子的樹木被白雪團團地包裹起來，挺像童話世界裡被魔術催眠了的白衣衛士，無聲無息地在隆冬裡沉睡著。外面的白色世界是那麼的安謐寧靜；相反的，我們的家裡彌漫著一種難以用言語描寫的繚亂氣氛，彷彿有一股陰森的冤氣在空間繞旋著。

大概從這時開始，我發覺奧維整個人有了令我迷惑不解的改變。這改變是精神性的，與他肉體越來越殘障的改變沒有關係。

最顯明的改變是他的眼神。有的時候，我們在餐桌上對坐，我忽然很明確的感覺，坐在對面的人不是愛我的奧維。在他的眼睛裡面有另外一個「影子」，用怨恨、諷刺、惡毒的眼神看著我。但這影子並不是常在那裡，只是忽顯忽逝地出現。

我覺得很奇怪，於是留神觀察一下，發覺奧維的聲音和態度也會突然改變。

當他的眼睛裡出現那種怨恨的神色時，他一向溫柔的聲音會變得粗魯，極不耐煩地挑剔這、挑剔那，說這樣做不合他的心意，那樣做又做得不對。這對素來溫柔體貼的奧維來說，是一種非常反常的舉止。

有時候，當他一個人在臥室或在洗澡間，而我在另外一個地方工作的時候，他會忽然大聲地呼喊：「哈囉！哈囉！哈囉！」把我嚇了一大跳。

於是，我對他說：「你需要幫忙的時候，不要哈囉、哈囉的亂叫，我不曉得你要什麼。你喊我的名字『艾莎』，我就立刻來了。」

「『艾莎』不是個丹麥名字！」他粗聲地回應一句，拐過頭去，執著助步車，咚咚咚地走回他的房間。我當時覺得莫名其妙，他為什麼會這樣回答我？

肌萎縮性側索硬化症使他的喉嚨產生大量的液體。有一次，又稠又濃的液體從他的鼻孔流出來。他向來是習慣用一片薄面紙巾來擦鼻水，我見他的鼻水泉湧而出，於是把兩張面紙巾疊起來遞給他。他把我遞給他的紙巾扔掉，很不高興地說：「我只要一張！讓我自己來做！」但他的手連撕一張紙的能力也沒有了，結果還是由我來做。

那時我內心的壓力天天高漲，有如開水在沸騰著。奧維的失常舉止使我的情緒變得更浮躁。一天，我替他做事情，他又很不講理地大聲抱怨，要我重做。我終於忍不住，發起脾氣來：「我服侍你是心甘情願的。我整個心都在為你服務，但我還是希望得到一點感激！你怎麼可以把我當作傭人，隨便嘶喝！我受不了！」

奧維見我生氣，立刻恢復紳士風度，道歉說：「原諒我！妳是世界上最後一個我要大聲嘶喝的人。我愛妳！妳不要罵我，妳罵我令我很傷心！」

看到奧維的紳士本性回來了，我便跟他說真話，把內心多時感覺到的憂慮說出來：「我罵的不是你，我罵的是附在你身上的鬼魂。」

「你為什麼說有鬼魂附在我的身上？」他平靜地問，臉上毫無驚訝的表情。

「我在你的眼睛裡看到她，是一隻女鬼。」我一口氣地說下去：「這隻女鬼恨我，因我意識到她的存在，會跟她對抗。」

我不是一個迷信的人。年輕的時候更是反對迷信，每當我聽到別人煞有介事地講「有鬼附身」，總是在心裡竊笑，那是迷信的謬論、那是小說的幻想，絕對不可能是事實。沒料到，在我後半生的生命中，竟然親身體驗到有鬼魂附在奧維的身上，推翻了我前半生的堅實信念。

在奧維的肌萎縮性側索硬化症的病徵尚未出現之前，我的第六感早已得到死亡的預兆，曾對他發出危險警告：「如果你繼續到大衛那裡去，你會生很重的病，你會死的。……危險來自他那裡！」

大衛就是前面我提過，奧維在奧本羅城圖書館碰到的老猶太醫生，兩人成為談得投契的朋友，每星期聚會一次。可是，奧維當時認為我的警告太不合邏輯，不加理會，繼續每週到大衛的家去聚會，一直到他自己無能力再上街走動時才中斷。

當時，我見我的紅燈警告不見效，就把那恐怖的預兆打進潛意識的水庫。如今，那恐怖的預感高漲到氾濫的階段，破堤而出，變本加厲地向我圍擊。我的第六感因此變得加倍鋒利，感覺到那股在家裡繞旋著的冤氣是一個冤魂，附在奧維的身上，詭譎地把他的生命能源一點又一點的吸取掉。

這種近乎荒誕的迷信感覺我不敢說給別人聽，更不要提醫生和護士們了，但奧維毫無異議地接受我的想法。他說：「我相信鬼魂附身。很多人喝醉了酒，變成另外一個人，打人、罵人、說出污穢的話，做出失去理性的事，就是魔鬼上身。」

既然我們兩人在這點上意見一致，我便把我第六感所接收到的雜亂信號梳理成理論，說出來討論：

以色列的摩薩德外國情報局素以報仇時手下不留情出名。那個猶太醫生在退休前過的是雙重生活，暗中替摩薩德做祕密情報員，參加過許多的隱祕軍事行動。那他做過毀滅別人生命的事情是不可避免的；那些冤魂的怨恨能源不願消散，跟隨著他，折磨他，而且有機會也嘗試摧毀那些為他所愛、為他所喜歡、與他經常接觸的人的生命（因我知道，他的愛妻、愛女、愛狗均是不幸暴斃而亡）。

「奧維，你的人太好了。」我說：「你對別人從來沒有惡意惡念，以為所有的人也是同樣的正直無邪。像你這樣純良的人到了一個冤鬼幽魂滿布的地方，等於是羔羊入了虎穴。那些冤魂跟著你回家了；它們從你身上吸取到活人的生命能源，才可以繼續在人間滯留不去。」

又有一天，我上街購物回到家裡，奧維對我坦白說道：「妳不在家的時候，我跟大衛打了個電話。告訴他，妳曾經警告過我，不要再到他的家去，因為妳認為，有很大的危險在那裡威脅著我。」

「那他怎麼反應？」我問：「他是一個醫生，一個科學家，一定會覺得這些鬼怪之說太可笑了吧！」

「不！不！他相信。」奧維認真地回答：「大衛自己也有同樣的感覺，有冤鬼回來向他報復。他常常半夜驚醒，不能呼吸，感覺有一雙手緊扼住他的咽喉，有好幾次還要打電話叫救護車來送他到醫院去急救。」

說至此，奧維吸了一口長氣，繼續說：「我後悔，當初沒有聽妳的話！大衛告訴我，保羅和庫德都突然死了！」

保羅和庫德是另外兩個每週到大衛家聚會的男人。不久以前，我曾經在街上碰到過這兩個人，他們的年齡比奧維小，而且看起來身體也挺健康的。他們的驟然去世叫我吃驚。

這時，一個名字出現在我們的腦際。這個名字是：「蒙克哥（Munkø）」。

我對奧維說：「世界上只有一個人可能幫助你，那就是蒙克哥。可惜他去世了！」

「真巧！我也剛剛想到蒙克哥。」奧維答。

大約四、五年前，丹麥的一個電視台拍製了一串電視連續節目，節目的題目大致可譯為：《靈的力量》，內容均與驅鬼趕魔有關。

蒙克哥是《靈的力量》節目主持人之一，他是一位職業招魂師（Spiritualist），聲稱自己天生就是個能與鬼魂打交道的媒介，能與鬼魂通音訊，而且他的一雙手具有天賦的超自然力量。

節目中，蒙克哥到那些自認被鬼纏身，或者有鬼的人家去驅鬼。但他的驅鬼法術很簡單；他不讀經、不念符咒、不使用任何袚魔器具，只是憑著他的天生媒介本事，先在屋子中找到鬼魂所在，跟後者對話。然後，使用他手掌所賦予的超自然力量逼迫鬼魂離開人間，到它們應去之處。最精彩的一次，當鬼魂離開時，室中玻璃桌子的厚玻璃面突然砰的一聲，在攝影師的鏡頭前爆裂。

當年，這個《靈的力量》成為丹麥人收看最多的電視節目，奧維和我也每星期追著看。我認為那些趕鬼節目具有非常大的娛樂性，但對其真實性還是存有猜疑心。

在支持節目的幾個招魂師中，我對蒙克哥的印象最好。他是一個五十多歲的丹麥人，相貌忠厚誠樸、舉止端莊穩重。由於他，節目的可觀性和可信度大為增加。蒙克哥自己曾說，他也要懂得保護自己；不然，他所驅逐的鬼魂會跟他過不去的。在最後的一次節目中，他的聲音嘶啞，幾乎說不出話來；不久便傳來他因喉癌病逝的死訊。

「多可惜！」我又再嘆息。「如果蒙克哥還在的話，你打電話給他，說出你的問題，他一定會來幫助你的！」

「我到網上去找，可能會找到別的招魂師。」奧維說。

「對！」我立刻贊同。「這是我們最後的一招。不管事情成不成功，試過總比不試好。不過要找個像蒙克哥那樣的誠實人，這行裡可信的人並不多呀！」

那一刻，我意識到，彌漫在屋子裡的冤魂鬼氣驟然發生一陣騷動，向我包圍過來。我不吭一聲，回到我的臥室，從抽屜裡找出來一個已經好多年沒有戴過的白金小十字架，把它掛上我的頸項。小十字架使我下意識地感到有了一種保護，也增加了我與冤魂對抗的信心。

向信仰治療師求助

「妳知道嗎？每五個丹麥人中，就有一個是相信有鬼的。」奧維在網上尋找驅魔師之後對我說：「不但如此，越來越多的人相信有鬼魔上身，去找驅魔師或神父替他們把邪魔從身上趕走！」

「真的嗎？」我很驚奇，但也興奮：「那就是說，可以在網上找得到驅魔師！」

「啊！多的是。除了驅魔師，還有很多別的。預知未來者、催眠治病者、做媒介的、招魂的、信仰治療者，五花八門都有。但看了許多驅魔師在網上的自我推薦，我都極為不滿意。結果，我還是選擇了請一位信仰治療師（Healer）。」

「信仰治療師！」我更加驚奇。「他用什麼方法來治療疾病？」

「他的名字叫西蒙森（Simonsen）。聲稱能夠靠能源的傳輸來治療疾病。他在奧本羅城還開了一所學校，把學生培訓成職業信仰治療師。這也是我選擇他的原因之一。」

「那你有沒有告訴他，你相信自己有鬼魂附身？」

「沒有！」奧維答：「我只告訴他，我是患了肌萎縮性側索硬化症的病人。這位西蒙森誠實得很，說他從來沒聽說過這種病，但他說他會上網去查一下。好的是，他願意到我們家來做治療，他本來是不出診的，這次破例。我跟他已經約好了時間。」

看到樂觀的灰燼又在奧維的臉上死灰復燃，我便說：「那太好了！我相信宇宙的一切都受到能源的影響。希望這位西蒙森真的能利用能源來幫助你，至少使你感到舒服一點。」

我們兩人懷著相當大的期望，等候信仰治療師西蒙森的到臨。

終於，期待多天的日子到了。那天我特別早起，用心替奧維打扮。這是奧維的心願，每逢有外人到訪，他一定要外貌整齊清潔。他替換上新的內衣褲、穿上一套新的運動衣，剃好鬍子，搽上鬚後水，把他整個人從內到外打扮得光鮮整潔。我幫他坐到客廳靠窗的特別椅子上；兩人就一聲不響地坐在客廳裡等候。我們心裡都好奇得很：西蒙森是怎麼樣的一個人？

樓下門鈴一響，我便從沙發一跳而起，跑下去開門。

門外站著一個身材高大的男人。一瞬之間映入我眼簾的印象是：他不但長得高，而且軀體比一般的丹麥男人粗壯得多，他穿著樸素簡單，有一頭豐厚的銀色頭髮、一雙銳利的棕色眼睛，但眼神是純良的。總的來說，我對他的第一個印象很好：他是一個誠實善良的人，並非蓄意行騙的。

進到客廳，我還先徵求西蒙森的意見，他做治療的時候，要不要我離開現場。

「不！不！」他微笑地對我說：「請妳坐下來，我希望有妳在場。」

奧維首先向西蒙森解釋他的癱瘓病情、他肉體最大苦痛在哪些地方、他的極度疲倦。西蒙森說，他的能源傳輸治療法對敏感症、哮喘病、憂鬱症、恐懼症、精神緊張、止痛等最見效；他亦曾經有效地治療過患嚴重病症的人，如全身癱瘓的人、患癌症的人、甚至是腦死的人，都有真實的明證。但說到最後，他還是把食指朝上一指，說：「當然，最後的一切還是由上天之父來決定！」

西蒙森雖然是個高頭大馬的男人，他的聲言卻溫柔得很，臉上帶著謙虛的微笑。他繼續說下去：「我做信仰治療師已經有二十年的經驗。但我以前是個機械工人，而且是在鋼鐵工廠做機械工人。後來……」

我坐在客廳的一隅，本來是準備那天只旁聽而不發言的。西蒙森的溫柔聲音似乎帶著點催眠作用；我聽著、聽著，眼睛卻被他的兩隻手吸引住，看得出了神。當聽到說，他以前是在鋼鐵工廠做機械工人的，我忽然覺得彷彿有人在我的腦子裡推了一把，下個命令：「對他的手說些評語，那兩隻手掌那麼柔軟、那麼豐潤，不是一個機械工人的手！說一些話！」

於是，我很不禮貌地插嘴：「西蒙森先生，你的兩隻手很獨特。智慧與財富都在你的手掌中！」這兩句話沒有經過思考就衝口而出。

西蒙森猛然抬起頭來，兩眼發出驚喜的光芒，盯著我看，說：「剛才從妳口裡出來的那句話是瑪麗安娜說的！」

奧維則好奇地問：「瑪麗安娜是誰？」

西蒙森答道：「噢，瑪麗安娜就是後來發現我的手掌具有靈性的天賦，能夠轉移能源替人治病。也是瑪麗安娜，把我帶領走上成為信仰治療師的路徑。不過，她已不在世了！」

我聽了幾乎要發笑：哈！死人竟然通過我的嘴巴說話！可是，笑聲在我的唇上停止了。奧維和我今天自願踏進一個玄虛的領域，要虛心接納新的經驗。

西蒙森首先「看」奧維的靈氣氛圍（Aura）。他對奧維說：「我在你的身上看到一個女孩子，是波蘭人，她在戰場上爬行著，好像是第一次世界大戰的時間。這波蘭女孩很可能是你前世的化身。」

跟著，他開始向奧維傳輸能源。他聚精會神地低下頭，好像進入了冥想的境界似的。他把雙手翻過來，手掌朝上，懸放在奧維的頭頂上，大約離奧維的頭顱二、三吋左右。他的兩隻手掌沿著奧維的身體移動，從頭部到頸部、到肩膀、到兩臂、到兩腿，然後又回到頭部，重新開始。

西蒙森的能源傳輸治療持續了大約四十多分鐘。結束時，他宛如從夢裡醒過來，問奧維：「當我向你傳輸能源的時候，你有什麼感覺？」

奧維答：「我覺得有一股暖氣進入我的身體，而且我心裡感覺很安寧。」

西蒙森又叫我到廚房去拿一公升的自來水出來。他用手指像打槍那樣指向那盆水，然後說：「奧維要把這些水都喝了，今天喝不完，留到明天喝。我把源能輸進了水的裡面，這些水比普通的水重了一點。」

在西蒙森離開之前，我決定把自己這幾個月來的奇怪感受告訴他，看他如何反應。

「西蒙森先生，我有一事要跟你說。這事除了奧維知道以外，我從來沒有告訴別人，也不願意告訴任何人。但我認為，你是唯一能夠瞭解我的感受的人。你不會笑我的想法荒誕。」於是，我首先告訴他，我有很強的第六感，當有重大的危險將至時，我常常能夠預先知道它們的到來。然後，我直接地問：「你有沒有看到，有鬼魂附在奧維的身上？」

「這我倒沒有看到。」他很認真地回答。

西蒙森不但沒有笑我荒誕，反而對我產生很大的興趣，仰慕的表情明顯地展露在他善良的面孔上：「啊！你能的我不能！」又誠懇地說：「到我的學校來，讓我幫忙妳發展妳的天賦。我不收你的學費。」

「我每天都要照顧奧維，怎麼會有時間到你的學校去呢！」我婉轉地拒絕。

「好好的考慮一下。」他再次誠懇地說。

西蒙森的治療分三次做，每隔兩星期他來一次，每次一小時，收費相當昂貴。但是，三次治療做完了，對奧維的病情並沒有幫助，他身體的能源繼續一天比一天低降，他軀體不能夠做的事情一天比一天增多。於是，我們決定停止昂貴的治療。

西蒙森有點失望地說：「我一個人的能量可能不夠強。」過了幾天他打電話來，充滿信心地建議：「到我的學校來，我會召集我最能幹的學生，十幾個人一起做能源轉移，能量必然會很強。」他再加一句：「這次免費！」

奧維和我商量了一下，認為這是值得一試的事情，答應西蒙森找一天到他的信仰治療師培訓學校去。

信仰治療師培訓學校

那幢屋子站在通往德國的鄉村公路旁邊，但好像故意往後退了幾步，讓前面的綠樹濃蔭把它遮蔽起來似的。奧維和我以前從奧本羅城開車去德國，不知多少次經過這段路，但從來沒注意到有這樣一幢屋子存在。

那天送奧維和我到那裡去的計程車司機找不到屋子。他摸著頭顱說：「按照屋子的門牌號碼就應在此地。怎麼見不到屋子？哈！我從來沒聽說過這裡有一間Healerskolen！」

我的眼睛也不斷地往公路的兩邊來回搜索，只見樹木與田野。待車子駛過了屋子，我回頭才瞥見樹蔭深處的屋簷下有「信仰治療師培訓學校（Healerskolen）」一個大字，彷彿從樹椏間探出頭來，呼喚我們回去。

車子鑽過樹叢，沿著礫石小路來到屋子前面的空曠地。那是一幢兩層樓的大屋子，屋子的側邊又建了一個面積更大的平房。屋子的前面、左邊、右邊都長著高大的樹木。此時已是夏天，樹木的枝葉茂盛，有的還開了一樹的花朵。兩棟建築物的後面則全是綠色的田野。

一大群丹麥女人從那棟平房屋子的大門跑出來，一窩蜂地迎上來，簇擁著奧維，把他的輪椅推進屋子裡面去，西蒙森先生則站在大門旁邊等著。

進入平房，見到一個寬敞的大堂，布置很簡單。廳堂的中間放著兩張用白床單蓋著的單人床，一圈椅子圍繞著廳堂的四周。最吸引我注意力的是大堂的天花板，上面安裝了許多盞吊燈，每盞吊燈均由許多小電燈組成，吊燈與吊燈之間有一串又一串的小電燈，彼此相連。乍看起來，天花板彷彿是一個繁星密布的蒼穹。

後來，我才知道，西蒙森是星夜天空的崇拜者。夏天度假時，他和他的太太喜歡帶著兩個睡袋，到奧地利的高山去，在山頭露宿，晚上躺在滿天星斗的天空下，讓自己覺得跟上空「靈的世界」更接近。

西蒙森叫他的女學生們幫助奧維在其中的一張單人床上躺下來。然後，他對我說：「請妳也躺到另外那張床上！」

「不！不！我不參加。我只要做一個旁觀者。」我立刻拒絕。那天我的確是抱著觀察者的心理陪奧維去的，我要好好的看，他們是如何做集體的能源傳輸。

「我需要把妳身體上的能源也轉移到奧維的身上。」西蒙森堅持。

聽他這樣說，我只好把鞋子脫掉，爬上另外的那張單人床去。

西蒙森把他的學生分成兩組，一組圍繞著奧維的床緣，另一組則圍立在我的床邊。西蒙森自己和他的女助手則坐在大堂前頭的兩張椅子上做觀察。

我雖然躺在床上，但心裡仍然要做旁觀者。我半睜開眼睛來看，見到圍著床邊的女人都閉目而立，我便放心地讓我的眼睛到處溜轉。我數了一下，站在我床邊的一共有十一個人，全是女的；圍著奧維的有十三個之多，其中僅有一個是男的。從他們的氣質和穿著來判斷，均非受過高等教育的人，年齡大都介於三十到五十歲之間。

我一邊張望，一邊感覺到女士們的手有時候直接碰觸我的軀體，但大部分的時間是兩掌朝上地懸放在我的身體之上。站在我頭部的那個則常常用雙手來按摩我的額頭。有的時候，他們會一齊發出一種輕微的聲音，聽起來很特別，那一定是他們的禱告詞；過了一會兒，他們又會把禱告詞輕聲地唱起來，聲調與一般教堂的唱詩是完全不一樣的。

當我看人看得悶了，便舉目欣賞那宛如滿天星斗的光亮天花板。能源轉移儀式一直繼續下去，我心裡開始有點不耐煩：我還要躺多久才可以起來？

如是者，四十五分鐘過去了，儀式終於完結。西蒙森請大家沿著大堂四周的椅子坐下來。這時，他對奧維和我說：「這裡的人就是你們的家庭成員，有什麼話隨便說？」

我展開笑容，向四周的人點頭打招呼，可是，他們都木然沒有表情，默默地靜坐不動。當時，我產生一種很奇怪的幻想：他們是一群南極企鵝，一塊兒緊緊地挨站在鋪天蓋地的風雪中，都把頭埋在雙翼之下，對咆哮的風、狂嚎的雪不加以理會。

既然大家都不說話，我就跟坐在我旁邊那位大約三十多歲的女士輕聲搭訕：「妳準備將來做職業信仰治療師，是嗎？」

「是的！」她也輕聲回答，但好像很高興我主動跟她說話。「我已經受了一年的培訓，再過一年就可成為正式的信仰治療師了。」

西蒙森的太太邀請奧維和我留下來，跟他們一起用晚餐。我只好婉拒：「多謝妳的邀請，奧維根本不能吃東西，而且我們已經約好計程車來接我們回家。」

回家以後，我問奧維：「他們向你做能源傳輸的時候，你有什麼感覺？」

「我感覺到一點暖氣。」他回答。

「我什麼都沒有感覺到，」我說：「但我覺得他們有點像一個自立一門的宗派。我不願意成為他們的一個成員。」

我那樣說，是因為奧維認為我天生有「靈」的潛能，鼓勵我跟隨西蒙森在這方面深造發展。當時，我還開了個玩笑：「親友們都知道，我是反迷信的人。如果我忽然向他們宣布，我現在沒有時間寫東西了，因為我要去做職業『招魂婆』，那才是個大笑話呢！」

集體能源轉移對奧維的病情不但毫無幫助，反而使他覺得更疲憊。那一去一返的二十分鐘路程對普通人來說，是毫不費力的事情；但對身體能源已接近零點的奧維來說，是他身體負擔不起的奢侈浪費。於是我們兩人決定，不再到西蒙森的學校去。

過了一個星期，西蒙森沒有聽到我們的反應，自己打電話來問結果。當他知道那天的集體能源轉移沒有效果，當然很失望。奧維和我都以為，我們不會再見到他了。可是，過了幾天，西蒙森又突然站在我們的家門前。我歡迎他進來看奧維。

「你怎樣啦？」他問躺在病床上的奧維。

「糟極了！」奧維答道。

於是，西蒙森又自動替奧維做能源傳輸。從此以後，大約每隔十天左右，他便會突然上門來替奧維做能源傳輸。他不再問結果，也不再提治療費這回事。

奧維和我對西蒙森的關心都感覺到很安慰。奧維總是說，西蒙森雖然不能幫助他的病情好轉，但每次都能給予他一種精神上的安寧感。我也有同感，西蒙森的在場使我雜亂緊繃的情緒得到舒緩，也帶給我一點安全感，覺得我不是單獨面對屋中那股怨氣。

「我一點也不懷疑，西蒙森的能源傳輸能夠治療神經性的病症。」我對奧維說：「但你的病是怨魂附身！他說在你的身上看到一個波蘭女人，說不定那就是附在你身上的冤鬼之一。」

奧維去世後的次日，我一個人坐在家裡，忽然門鈴大響。打開大門，站在門前的是西蒙森。他臉上顯露出傷心的表情，兩隻純良的棕色眼睛同情地看著我。

我立刻開門見山地告訴他：「奧維昨天去世了！」

「我知道！我知道！」他把襯衫的袖子捲起來，給我看他的手臂，說：「你看，我手臂上忽然出現這些紅斑，我立刻感覺到，奧維去世了！」

他還問，奧維的葬禮是什麼時候，他想去參加。我說那不必了，奧維的最後願望是一個非常私人性的葬禮儀式。

西蒙森走前，雙手捧著我的面孔，誠心誠意地說：「打電話給我！到我那裡去！」

我雖然客氣地點頭，但知道自己不會那樣做。此時我相信，在天地之間的確存在著一個超自然的玄虛領域，但我無意深入探究，恐怕一旦深入，會在那詭譎的迷宮裡面喪失自己，再也找不到回頭路。

奧維去世以後，我又曾經多次坐車子經過西蒙森學校的所在地。可能是車子開得太快，我每次都找不到它的蹤影。那幢屋子不再從枝椏間探出頭來呼喚我，它與我絕緣了。

不人道的痛苦

二〇一〇年的夏天來得特別快，有陽光的日子多。窗外的樹木才剛從冬眠醒過來，吐出嫩綠的春葉，一瞬間就已是綠蔭扶疏，好像舞台上的戲子們轉身換上黛綠的寬大短褂，隨著夏風搖曳擺動。那一年，大自然加快了腳步。

素愛陽光的奧維看到窗外誘人的夏日風光，說：「松德堡醫院下次再叫我去做檢查，我們去。趁機會看看田野的景色。」

自從奧維在二〇〇八年的五月得到肌萎縮性側索硬化症的診斷以後，松德堡醫院每隔三個月便寫信來，約他到醫院去做檢查。醫院既然已坦白說明，此病是個絕症，病因不明，醫治無方；那麼去做檢查，也不過是跟主治醫生孚爾見個面，談一下，讓醫生看看他的病情發展，或惡化到什麼程度。去了兩次以後，奧維便請孚爾醫生以後打電話來做電話醫療諮詢。

七月，松德堡醫院果然又來信，約奧維去做例行檢查。這次，奧維打電話告訴醫生的祕書，他會如期赴會。

那天，奧維和我都很失望，因為見到的不是我們熟悉的孚爾醫生；好的是，坐在新來的德國醫生旁邊的仍舊是以前的聯絡護士荷尼。

這次，奧維很用心地準備了一個病情報告，但新醫生不要聽，只敷衍了事地做了一些已經毋須的身體檢查，說：「你到治療師那裡做些治療運動，會使你覺得舒服一些，但不會把你醫治好。」

最後，奧維對醫生說，他的病已經到了不堪忍受的階段，醫院有什麼辦法可以幫助他減輕痛苦。醫生搓著手，連說了幾聲「呀！呀！呀！」，便像熱鍋上的螞蟻那樣，從椅子站起來，在室內兜了一圈，便伸出手來要握手，示意諮詢時間已結束。

我跟他握手的時候說：「醫治肌萎縮性側索硬化症的腦科醫生都應該跟病人日夕相處一段長時間，至少三個月，對這稀有的病就會有進一步的瞭解。」

醫生不作答，只一味苦笑。

護士荷尼一向喜歡奧維。她看著奧維在一年之內從衣冠楚楚的健康人，變成穿運動衣、扶著助步車行走的病人，再變成坐在輪椅上被推的殘障者，對奧維有很大的同情心。她陪我們一直走到醫院的門前大廳去等候計程車來接，再三對奧維說，要進醫院或有什麼事情，直接打電話找她，她會安排一切。

那是奧維最後一次到醫院去做檢查。

在那段最後的日子中，奧維所受到的痛苦已超過了「不堪忍受」的程度。

奧維必須戴上頸圈才能移動他的手和腿。不戴頸圈的話，他的頭九十度地低垂胸部，我要使出相當大的力量才能夠把他的下巴托起來。頭顱為什麼那麼重？我到網上去查：原來一個成人的頭顱重約五公斤。奧維用一個沒有肌肉支撐的頸項去擔掛一個五公斤重的「大石頭」！多痛苦！

奧維的喉嚨早已失去吞嚥食物的能力，每天早、午、晚上喝流質的營養品，一次一瓶。這些營養汁由我們向藥房訂購，一次就是三、四打，分有草莓、香蕉和香草三種不同的口味，藥房用送貨車送上門來。

有一段時間，他仍可以用舌頭控制液體慢慢流入食管去。到了最後的階段，他連喝營養飲料，甚至飲水都出大問題。液體流進他的氣管，使他突然窒息，掙扎呼吸。他拚命咳嗽，咳得一臉通紅，連眼淚也流出來。我只能同情地看著他，替他拍背也幫不了什麼忙。等這種恐怖的事情停息後，他又無事。但喝東西就變成一種有壓力的事情。

「我連自己的舌頭也不能控制了！」他傷心地說：「我不想一天喝三次營養汁了，減少一次好嗎？」這樣，他從一天喝三次，變成兩次，最後只喝一次。他的體重每天下降。

一個陽光豔麗的夏日，奧維對我說：「我想下去曬曬太陽。」我替他穿好衣服，戴上一頂鴨舌帽，先下樓去把下面的備用助步車和輪椅擺好位置，讓奧維下來就可以把他推到跑道的小陽台去享受陽光。我打開大門時，聽到樓上傳來一聲巨響，以為是書架掉落地上，但巨響裡帶著「哇」的一聲。我三步兩跳地跑上樓，見到奧維倒臥在電梯座椅的旁邊。

「你不是在客廳裡等著的嗎？怎麼會跌在這裡？」我驚奇地問。

「我走到這裡，想自己按電梯的開關。」他答道：「但一伸手便跌跤！我的身體一點平衡感都沒有了！」

另一個早晨，電話鈴響，我去接，是找奧維的。他扶著助步車慢慢地朝著我走過來。忽然，他像一根木柱那樣往前直撲，匡啷一聲，床邊的小几和檯燈都跟著他倒臥地上。幸好那房間鋪滿了地毯，他的頭部雖然碰到地，但沒有受傷。那次，我沒有辦法一個人把他從地上拉起來，於是按護士中心的呼救機。五分鐘後，兩位護士到來，才把奧維扶起來。以後，奧維摔跤或是坐在椅子上起不來，我都請護士來幫忙。

嚴重的事情終於發生了。一個晚上，我在半夜被聲音驚醒，好像聽到有幾十公斤的重物從天花板上掉下來似的。我從床上驚跳起來，跑入奧維的臥室，見他直躺在地毯上，臉朝天，兩眼閉著，好像昏迷過去了。這次他是往後摔，後腦碰地。

「奧維！奧維！」我蹲在他的身邊喊。

他睜開眼睛，問：「他們怎麼不來？」

我安慰他說：「我已經按了呼救機，護士們快到了。」

「我快死了！」他又說。

「我去打電話叫救護車，到醫院去！」

打完電話，替奧維蓋上一條被子，我便下樓打開大門，開了門前的電燈，讓急救人員知道在那裡停車，立刻進門。

過了四分鐘，救護車便到達，兩個大漢跑上來。護士的車子也接踵而至。這時的奧維看起來已清醒。其中一個急救人員還開玩笑地問他：「你為什麼躺在地上睡覺？」

「我半夜起來上廁所跌跤。」奧維清醒地答。

救護車來把奧維送到就近的奧本羅醫院去。一個護士和我陪他在急救室裡躺了兩個鐘頭，他便堅持要回家。醫生看奧維沒有外傷，人也清醒，也就同意了。

返家後，奧維問：「我怎麼會在醫院裡？」

我驚訝得很：「你什麼都記不得？那個救護人員問了你好幾個問題，你都一一問答！」

「這些我都記不得。」他答道：「我只記得躺在醫院裡。」

摔了這一大跤，奧維的生命能源更往下降。數天後，他又進醫院。他覺得不能呼吸，於是直接打電話給松德堡醫院腦科部的聯絡護士荷尼。荷尼立刻答應，派車子來接，也替他在腦科部的留醫處安排好一間病房。

奧維進醫院後的第二天，我打電話到醫院詢問，什麼時候可以去探望？護士回答：「兩個鐘頭後他就可以出院。他吵著要回家看太太。他的呼吸困難症狀平穩了。」

果然，奧維一抵家門，見到我便開心地說：「你不曉得，我有多高興又見到妳！」

過了幾個小時，有人按門鈴。原來是醫院派人送來一個電動氧氣機，機器帶著一條很長的塑膠管，病人在屋子的任何地方都可以使用吸氧氣的口罩。送機器來的人還細心地教我如何使用設備。

從那天開始，奧維大約每隔兩個小時便要躺在床上呼吸氧氣，但呼吸氧氣久了，他的喉嚨會積累大量的濃厚液體，使他窒息，於是要起床，再戴上頸圈，坐到窗旁的椅子去。坐了一個小時，他的頸子便受不了，又要躺下。他日日夜夜不斷的下床上床，而他的下床和上床都是一場掙扎，消耗很多的精力。

在那段最後的日子裡，奧維所受的痛苦，在肉體上和心理上都是非人道的。他不能睡、不能吃、不能躺、不能坐，他不能呼吸、液體溢喉而窒息。可是，他受苦受難的時候頭腦完全清醒，體驗著自己的肉體一天消失一點，一夜死去一點。

在那段最後的日子裡，我看著奧維受盡不人道的煎熬，感到一種強烈有如重物壓身、不能動彈的感覺：那些纏繞著奧維已多時的冤魂鬼氣變本加厲地向他進攻，吸盡他的生命能源。最後，他只剩下一個骨骼。而這股邪惡的力量還要把他當作一包骨頭，在生命與死亡之間拋來擲去，一下子把他拋到死亡的邊緣，一會兒又把他扯回到人間。

我的肉體無法把那團邪惡的力量趕出門去，但我的潛意識給我勇氣，在精神上與它們做角力之鬥。我當然知道我的精神力量敵不過它們，但苦鬥到底是必須的。每當奧維發生危險的時候，我總是保持冷靜的態度幫他，從不苦喪流淚，從不驚慌大叫。我的潛意識讓我知道：我的眼淚不能減輕奧維的痛苦，徒然增加他的傷感；我的眼淚只會叫那些可憎的精神敵人惡意竊笑。

人間不應該有這種不人道的折磨。人間不應該有人得忍受這樣不人道的痛苦。

如果不久的將來，丹麥舉行全民投票，決定「安樂死」的合法化，我一定投贊成票。

半夜的電話鈴聲

記得很清楚，二〇一〇年九月一日是個天氣晴朗的北歐初秋日。

「我不能想像，我還能再活一天！」是奧維坐在早餐桌旁的第一句話。他的聲音好像來自遠方的空洞回聲，兩眼也無力睜開來。

「喝一點營養汁，會給你一些精力。」我把他最喜歡的草莓味營養汁倒進他的特殊杯子裡，遞給他。

「我不能喝！」他答：「我實在不能喝，一喝就會吐了！」

「奧維，你需要到醫院去，讓醫院幫忙你得到一點睡眠。」我勸他：「上一次在醫院，你不是睡得很好嗎？」

「我中午就打電話給荷尼，告訴她我要進醫院。」他點頭同意：「我要在家裡多待一下，下午六點才去。」

這一天，奧維和我兩人已經有五個晚上沒有好好睡覺。

晚上，他在床上躺了一個鐘頭便會大聲的喊我。我立刻知道他需要吸氧氣，趕快起床去打開氧氣機，替他帶上口罩。然後自己回房休息。

大約三十分鐘以後，他又會緊張地大叫：「艾莎！艾莎！」我也立刻明白他需要什麼。急忙從床上跳起來，跑去把他的氧氣口罩拿掉，幫他坐起來，抹去從他鼻子湧出來的濃厚液體，然後替他戴上頸圈，讓他坐到窗旁的椅子。外面是寂靜的黑夜，路上沒有行人，也鮮見車輛，沒有什麼好看的。那些在我們這一區巡邏的護士駕車經過時，都會看到奧維一個人坐在窗戶旁邊的影子。

為了讓我多睡一下，奧維總是盡量在窗戶旁坐久一點，但也頂多不過是一個多鐘頭，他的頭、頸、肩膀就吃不消了。他會扶著助步車走到我的睡房門口，站在那裡等。等到我感覺到他在那裡，張開眼睛，他才說：「我要躺下來了。」於是，我又替他脫掉頸圈，幫他躺回床上。

我回到自己的床上，合上眼睛休息，等待他下一次的求助呼喊。

在這最後的幾個晚上，居民服務處曾派兩個夜間家庭助手來幫忙我，意思是讓我能睡覺。但夜間家庭助手晚上只來一次，而且有一定的時間。她們來了，僅是幫助奧維在床上轉身一次。當我吩咐她們給奧維氧氣的時候，她們都拒絕：「我們沒有受過這種訓練，不能做。」她們停留了五分鐘便要離開。奧維要求說：「妳們等一下，二十分鐘以後又要起床。」但她們沒有時間等，急著要到下一個地方去。

對整個晚上不斷需要照顧和幫助的奧維來說，半夜才來一次的家庭助手們實在不適合他，反而變成一種打擾；我也沒有因她們而得到睡眠。兩個晚上以後，奧維就很不高興地叫她們不用再來了。

九月一日是個星期三，剛好是護士到訪和家庭助手來幫奧維洗澡的日子。

那天到訪的護士是我最喜歡的維琦，她一坐下就發覺奧維的容貌、聲音都比以前大有改變。她關心地說：「奧維，你要到醫院去！」

「我等下就會打電話去約時間。」奧維回答。

「我現在就替你打電話。醫院準備房間需要時間。」維琦說完立即撥電話。

不久，聯絡護士荷尼便打電話到我們家來找奧維。時間約好了，下午五點鐘車子來接他。

十二點半，家庭助手來了，是上星期來過的蘇珊娜，跟她一起來的是一個我從未見過的新女助手。我很高興，那天又是輪到蘇珊娜來幫奧維洗澡。蘇珊娜身材健壯，頭髮染成一半金色、一半紅色，是一個永遠笑呵呵的開心果。

我幫奧維脫光衣服，這是他希望我替他做的事情。他扶著助步車往浴室走去，還能自嘲地跟蘇珊娜開玩笑：「泰山來了！」

脫了衣服的奧維使人想起二次大戰時集中營的囚犯。那時的他真的是皮包骨，兩個肩膀的骨頭豎起來，手與腿瘦得完全沒有肉，連關節都凸出來。他比以前瘦了十多公斤。

蘇珊娜替他洗澡的時候，我站在後面看。我們都同時注意到一個上星期沒有出現的現象。奧維的背部出現了一大片皺起來的皮，皮下的脊梁骨明顯地凹凹凸凸，皮與骨之間已經沒有肉隔著。蘇珊娜與我彼此交換了一個眼色，但都不做評語，免得奧維聽到不好受。

奧維洗了澡，換上乾淨清爽的衣服，便坐到電腦前。我替他把電動刮鬍刀、電動牙刷、梳子等他需要的日用品收拾好在一個小旅行袋裡，便走去看他在網上幹什麼。原來他在嘗試支付每個月初都要付的帳單，但他的手指無法點到正確的位置。

我看了心痛，勸他說：「不要做了！這些事情等我明天到銀行去辦。」

他忽然哇哇哇地大哭起來，淚灑滿臉。在我們共同生活的數十年來，我只見過奧維掩臉大哭一次，那就是當我們的愛貓去世的時候，但也不是像現在這般號啕大哭。

「奧維，你是去投胎再生！」我平靜地安慰他。我們兩人雖然沒有明說出來，但心裡都知道，死亡已經在角落裡等著，幾天內，他便會離世而去。我不願意說假話安慰他。

「妳！」這是他在哭聲中掙扎喊出來的一個字。

結婚那麼多年，奧維的思想我是能夠閱讀出來的。他這個「妳」字裡所包含的意思我都明白：「我的此生完結了，我捨不得離開妳！」、「我不放心留下妳一個人！」

「奧維，不用擔心我。」我只好回答：「一切船到橋頭自然直。」

奧維大哭了一回，終於用力地把哭聲收起來。平靜以後，他對我說：「我愛妳，我每一刻都愛著妳！」這是他最後說的一句話。

我替他穿好衣服，讓他坐座椅電梯到樓下去，再坐上輪椅，把小旅行袋放在他的輪椅旁邊。我們便等醫院的車子來接他。奧維的雙眼緊閉起來，他再沒有講話的力氣。

接奧維的車子來了，並不是救護車，是醫院僱用的服務計程車。一個和顏悅色的司機把坐在輪椅上的奧維拉出大門。

奧維用盡氣力，把他的雙眼撐開，聚精會神地凝視著我。我走到他跟前，給他一個吻，說：「你好好睡一覺。我明天早上來看你。」

司機推著奧維的輪椅，走下門前的跑道，我跟著他們走到車子旁邊。

「我們明天見！」我對奧維說。其實，我心裡真正要說的是：你不要今天晚上走，等我！等我明天來陪你。

奧維走了以後，我吃了點東西，很早上床。我已經五個晚上沒睡覺，五個白晝沒休息，睡前吃半顆安眠藥，希望能安眠一夜，恢復精力，應付明天眾多的事情。我心裡祈望，半夜不會聽到電話鈴聲。但在睡覺前，我還是把衣服、鞋子、皮包、現金都安排好，以備萬一，可立即出發。

可是，我還是聽到我祈望不要聽到的聲音。電話鈴聲在半夜響起來。我的心彷彿從胸膛裡跳出來：「奧維去世了！」

我連跑帶衝地奔到客廳，拿起電話聽筒。一個女人的聲音說：「這是松德堡醫院腦科部。我們跟奧維失去了聯繫。我要知道，奧維願意不願意被救活？」

「他不願意！」我回答。

「那妳趕快來！儘快的來！」那聲音說。

「我馬上就來！」我答道。奧維的去世不是意外之事；但當它到來時，我還是大驚，霎時間覺得整個人都枯乾了，似乎身體內所有的水分立時全被蒸發掉了。

放下電話筒，我立刻看桌子上的時鐘，剛好凌晨兩點。

奧維去世的時間是二〇一〇年的九月二日凌晨二時。從他得到肌萎縮性側索硬化症診斷結果開始算，一共活了兩年零兩個月。

遺憾與安慰

凌晨二時二十五分，我趕到醫院，奧維已去世二十五分鐘了。我很感謝醫院的護士，讓我獨自進入病房，在那裡陪伴奧維一段時間。

那病房滿像一間旅館的雙人房。房裡擺著兩張單人床，奧維平躺在靠門的那一張，靠窗的那張收拾得整整齊齊，蓋上深紅色的床罩，好像等待旅館客人的到來。窗戶也拉上了深色的窗簾。室內的光線暗淡，只有奧維的床頭燈是亮著的。

燈光下，奧維好像一個甜睡的人。他的身體全被醫院的白色床單蓋住，只露出兩隻手臂，兩隻手交叉地放在被子的上面。他的面孔彷彿年輕了幾十歲，變回當年我們在義大利郵輪上初遇時的年輕男子。我撫一下他的手，摸一下他的額頭，又吻一下他的唇，都還是溫暖的。

「奧維！奧維！」我輕輕喊他兩聲。他當然沒有作答。

以前永遠會回答我的奧維不再回答我。他真的是跟死亡走了。他走的那一刻，我沒有在他的身旁陪著他，握著他的手送他走，是我最大的遺憾。

「奧維！奧維！」我再喊他：「你為什麼不等我！你不是希望我握著你的手，陪著你走的嗎？」

這時，一件很奇怪的事情發生了。他的右眼角忽然閃出一點銀光，在那裡稍微停留了一下便消失。我伸手去摸他的右眼，發覺他的眼皮沒有把眼睛全部蓋上，漏出一個小小的洞。我看見的那點銀光是燈光反光嗎？但那極不像反光，那銀點是光亮，但不透明；它結實如一塊小銀片。是奧維給我的一個訊號嗎？

我感覺到，奧維的確還在那裡，只是我看不到他。他用能源擁抱著我，撫摸著我，帶著愛的微笑注視著我。我靜坐床邊，看著他，不再出聲說話。奧維和我已經在不同的領域。

我當時的悲傷有如一塊結實的大石，往我的心頭緊壓下去，我的眼淚源頭都被堵塞住。我的眼淚流不出來，但卻有一大串的遺憾，像被大石擠出來的灰塵，從心裡滲出來：我們沒有完成的計畫、沒有實現的願望、落空的夢想……

「奧維，你再沒有機會建築你的模型火車站！你蒐集的火車模型，我都替你放到樓下的大鐵櫃裡。」

「我們不是常常說，要駕車重遊奧地利的沃爾特湖（Woerthersee），再住在邦德太太的小旅館裡？這件事我們沒有做成！」

「奧維，好多年來，我們計畫坐郵輪慶祝我們的四十週年結婚紀念日。這個計畫是個永遠無法實現的夢想了！」

我的遺憾灰塵多得很，但終於被一個如海浪般的安慰沖洗掉。在我眼前長眠的奧維睡得那樣的舒適、那樣的安詳。他的痛苦終止了！

我當時也不禁感嘆這個肌萎縮性側索硬化症對奧維的矛盾玩弄：使他在生命最後的一段日子裡返老還童地變成如一歲嬰孩般的無助，又使他去世後的容貌返老還童地回復青春少男的樣子。

我陪著奧維默坐了大約半個小時，值夜的醫生進來了，是一位年輕的女醫生。我站起來跟她握手。

女醫生自我介紹：「我也是個外國人，我是從德國來的。」

我問她：「奧維去世的時候有沒有死亡痛苦的掙扎？」

她搖搖頭，答道：「奧維去得很快。他去的時候，我一直握著他的手。」

「那我很安慰。」我說。

女醫生繼續說，那天晚上奧維的精神還不錯。他們坐在一起聊天、看電視。奧維告訴她，我們很喜歡開車子到德國南部去遊玩；又告訴她，在家裡他整天都要喊我替他幹這做那的。

醫生最後說：「因為奧維那樣的想妳，我還交代護士開個特例把他旁邊的床弄好，好讓妳也能在醫院過夜呢！」

啊！原來那張打整得像旅館裡的床是為我而備的，卻用不上了。

護士們進來，要替奧維的大體做最後的準備。一個護士說：「妳可以留在房間裡看。」可是，我不忍心看著奧維被包包紮紮。我說：「妳們做好了，我再進來。」

我再進病房的時候，見到奧維的頭也被白紗布包紮起來。我看到他的金框眼鏡還放在一個櫃子上，於是我說：「喔，他要戴上眼鏡！」護士替他戴上眼鏡。我再撫摸奧維的手，他的身體已經在變冷。護士又說：「艾莎，妳明天中午要再來松德堡醫院，奧維會躺在醫院的教堂裡。」護士說得很溫柔，但我明白她的意思，中午要來收屍。

護士雖然說的是明天，其實已經是今天，九月二日早已開始。

等到天亮，我將會有很多的事情要做，該回家了。護士把奧維帶進醫院的日用品、衣服、遺物放入兩個大紙袋，交還給我，陪我走到樓下去。

凌晨四時，我獨自站在腦科部大樓的門前，等候計程車來接我。那裡萬籟俱寂，連蟲鳴聲也沒有，四周黑暗籠罩，草坪上散散落落的小圓燈燈光只替黑夜增加一層詭譎的色調。我是這詭譎黑夜中的唯一人影，陪著我的是地上的兩個紙袋。此時，我真實感到自己的失落：奧維走了，我是一隻失落了巢的鳥；一片飄在空中的羽毛。這個晚上是我人生最黑暗的一夜。

前面的黑暗中出現了兩盞大黃燈，來接我的計程車到了。司機跟兩個多小時前送我到醫院的是同一個人。我把兩個紙袋交給他拿，說：「這是我先生的東西。他去世了！」

我感激那位計程車司機，歸途中他一句話都不問我。在我的極大悲傷中，我流不出眼淚，也不願意跟人說話。在我人生最黑暗的一夜中，我希望能像受傷的動物那樣，躲在一個安靜的黑洞裡，獨自舔我自己的傷口。

我提著兩個紙袋，進入家門，一眼便看到奧維的助步車。我把肩膀挺一挺，上樓去。失落了巢的鳥也要繼續飛，飄在空中的羽毛也會再落地。

天快亮了，我要替奧維做很多事情。

最後的願望

九月二日清晨五點，我從松德堡醫院回到家裡，心情沉重，有如心裡牽掛著一塊大石頭，但就是流不出眼淚來。雖然已經六夜六日沒有睡覺，而且還有半顆安眠藥在我的身體內，但在緊要關頭，潛意識發出一種神祕的力量，把身體的疲累拋到九霄雲外。腦子裡只想著一件事情：等到六點半，就開始行動。

行動之前，我把奧維兩年前交給我的那個信封找出來，在燈光下拆開來看。信封內僅有一張紙，上面寫的是他最後的願望：

我至愛的艾莎：

請記得，當妳的時間到來的時候，我會在另一個世界的那邊與妳會合。在那時間到來之前，妳要好好照顧妳自己，也不要忘記，我永遠愛妳。

我去世後，妳要找一間殯儀館，同時把我的受洗證書和我們的結婚證書交給他們。

下面是我最後的願望：

一、我要火葬。

二、沒有儀式，沒有牧師。

三、不要在報紙上登我的訃聞。

四、在我火葬之前，不要通知任何人有關我的死訊。

五、當妳從殯儀館拿到我的骨灰甕後，讓我的骨灰在海裡消散。

妳喜歡什麼時候做，就什麼時候做。

我在燈光下看奧維的最後願望，心裡感嘆，奧維真是一個最愛自由的人！他曾多次被朋友邀請加入扶輪社（The Rotary Club）、共濟會（Freemason）、丹麥的某政黨。他每次都婉拒。我覺得有點可惜，問他：「你為什麼不參加?做這些社團的會員會有很多的社會關係，對你的事業不是有幫助嗎？」他的問答是：「這些社團都有規章和儀式，一旦成為會員就要遵守，也就失去一點自由。」

他生前不願受到世俗繁文縟節和任何社團的束縛，死後也要一個人走。他不願意有牧師在他的棺材前給他的人生做一個評論，這我是一向知道的。但他不要人參加他的葬禮，連最好的朋友也不勞煩，是一個新的發現。可是，我欣賞奧維的這種思想，也贊成他的決定。我一切都會遵照他最後的願望去做。

如果我通知我們所有熟悉的朋友、親戚；如果我依照一般規矩，也在當地的報紙上登訃聞，那麼大多數的朋友會從哥本哈根趕來，跟奧維同輩的親戚也都會前來，奧本羅城的鄰居將會全部出席。奧本羅城的教堂並不大，可能容納不下那麼多的人。而且，依照規矩，在葬禮後我要舉行一個大宴會。我當時的肉體雖然尚可做事情，實際上已到了心力交瘁的地步，根本再沒心情和精力與一大團人周旋應酬。我希望在葬禮的那天能夠一個人靜靜地與奧維道別。

閱讀完奧維的最後願望，我便打開當地的報紙尋找殯儀館。報紙上有四間殯儀館的廣告，我選擇了離我家距離最近的那一間。六點半一到，我就打電話。心想，殯儀館可能有值班的人接電話。果然有人接電話，我把事情簡單解釋清楚，跟殯儀館約好了，九點我到他們的辦公室辦手續。

還有一個人，我是要打電話通知的。在我人生最黑暗的一刻，我只願意向一個人求助。那就是萬羅。在過去的兩年，萬羅對我們的熱情幫忙、真誠關懷和精神安慰遠勝任何老朋友和親戚。奧維在將去世時也說過：「叫萬羅幫忙妳！」

我知道萬羅是一個早起的人。六點半可以打電話給他。但他家沒人接電話；我再打到他的手機。他接電話了，聲音還帶著睡意。我把他吵醒了。

「萬羅，對不起，那麼早就打擾你。」我道歉後，開門見山地告訴他：「奧維去世了！凌晨在松德堡醫院去世的。」

「天哪！」他在電話裡大呼了一聲。

「你可以來幫忙我嗎？」我要求他。

「我當然願意幫忙，可是我不在丹麥，我在地中海度假！」他繼續說：「妳得去找一間殯儀館！」

「我已經做了。」我答，也告訴他是哪一間。

既然他不能來，我就不再多言，心裡感到從來沒有過的孤單。萬羅不能幫我，那我一個人挺起胸膛來做吧！這種事情我是不願意麻煩鄰居的。

兩分鐘後，電話響了，是萬羅。他大聲說：「我現在醒了！我打電話去叫我的妹妹卡倫瑪麗（Karen-Marie）來幫忙妳。她比我更能幹，而且住得離妳不遠。」

我剛搬到奧本羅城的時候見過萬羅的妹妹一次，知道她那時是開了一間針灸診所的。因為萬羅是我在最黑暗的日子裡最真誠的朋友，我對他有百分之百的信任，所以我願意接受他妹妹的幫忙。「好的！請她來。」

萬羅又再打電話來，一切都安排好了。他在電話上吩咐：「你坐下來休息，鬆弛一下精神，暫時什麼事情都不要做，連已經約好的殯儀館也不要管。等卡倫瑪麗，她十點就到。」

在等候卡倫瑪麗到來的時候，我便去找奧維那天要穿的衣服。我當然是傷心，但我亦為他痛苦的結束感到莫大的安慰，潛意識裡把他舉行葬禮的那一天視作是他出發到另外一個世界去旅行的日子。在那重要的一天，我要他打扮得漂漂亮亮。

打開奧維的衣櫥，我毫不遲疑地選了他數年前請香港最有名的西裝裁縫師替他做的那套西裝，上等的質料，式樣瀟灑，顏色是比黑色淺一點的深灰色，帶著微微的光亮。這套高貴漂亮的西裝，奧維還沒有機會穿過就生病了。還沒穿過的新襯衫、新襪子、新領帶，衣櫥裡多的是，連新皮鞋也有。我不禁嘆息：「奧維，你就是愛惜物品，捨不得穿新衣服。葬禮那天，你要全部穿新衣服，從頭到腳、從內到外都要穿新的。」

十點整，卡倫瑪麗到了。我一見她，我的第六感就立即信任她。

卡倫瑪麗與我不浪費時間說閒話，立刻開始辦事情。原來她已經替我約了另外一間殯儀館。「哎呀！」她說：「妳找的那間是全城最貴的。我已經打電話替妳退了。這間新的殯儀館主人是一個很有同情心的人，我曾用過他幾次。而且，他親自上門來幫妳辦手續。等一下他就會到。」

隔了不過十分鐘，殯儀館的主人彼德來了。他果然是一位溫柔、穩重、彬彬有禮的紳士，使人立刻對他產生好感。我把奧維的最後願望書打開讓他看，他也就按照上面的指示開始填表格。表格的項目繁多，細節複雜，他一邊填，一邊跟我解釋，問我的意見。原來，把骨灰撒入海裡也得申請准許，並不是隨便在海邊就可以撒，必須帶到海洋的中央才能做，而且要買特別為海葬而設計的骨灰甕。

大約四十五分鐘之後，一切的手續辦好。彼德告辭，說：「我現在就要到松德堡去把奧維接回奧本羅。這種事情醫院規定十二點前必須做好。」

於是，我把替奧維準備好的衣服交給他，但鞋子他不要。

殯儀館的彼德走後，卡倫瑪麗便開始打電話到居民服務處的有關部門、銀行、稅局等機關，報告奧維的逝世。她的口才真是棒，怪不得萬羅稱讚她能幹。她一邊講電話，一邊拉著我的手，看著我。她給我的溫暖和同情鬆懈了壓在我心頭的悲傷，我開始流淚。私人性的通知，等到葬禮後才自己打電話去一一告知。

九月八日是奧維走到另外一個世界旅途的大日子。我一早起來就往窗外看天氣，可真幸運，那天不刮風，不下雨，秋天的太陽仍然是溫溫暖暖的。我在鏡子前把自己打扮好，那天我是為奧維而打扮的。我穿上黑外套、黑裙子，黑高跟鞋，然後把奧維的電梯座椅送到樓下，自己坐在上面等候萬羅和卡倫瑪麗來接我，一起到教堂去給奧維「送行」。

因為奧維不要宗教儀式（不要宗教儀式的丹麥人越來越多），葬禮就在大教堂旁邊的小教堂裡舉行。穿著莊嚴黑衣服的彼德和他的太太（也是他殯儀館的生意夥伴）站在小教堂的前面迎接我們。

踏進小教堂，我一眼看到奧維躺在棺材裡，穿著那件高貴瀟灑的深色西裝，打著淺黃色的領帶，戴著金框眼鏡，樣子猶如活人，不禁喊了他兩聲，眼淚奪眶而出。

因為那不是一個宗教儀式，我們選擇唱一首很有名的丹麥歌曲來代替聖詩。這首名歌：「我出生在丹麥（I Danmark er jeg født）」是安徒生所作的一首詩，一八五〇出版後由作曲家配上樂譜而成曲。我看著印在紙上的歌詞，一邊唱，一邊覺得用這首歌向奧維送行是最適合不過的。安徒生在詩裡所歌頌的都是奧維心愛的事物：丹麥的柔軟語言、海風吹拂的廣闊海灘、海邊的野天鵝、花叢間的鳥巢、躺在蘋果樹與蛇麻草園之間的過去維京戰士的古墳……

唱完了歌，我站到棺材旁跟奧維道別。細聲地對他說：「奧維，你今天好英俊！你大可以為你自己感到驕傲。你現在踏上往投胎重生去的旅途，我祝你有一個愉快的旅程，來生的運氣比今生更好！你以前說過，在重生的旅途上你會再見到我們的愛貓。多好的一件事！你不久就會見到『貓咪』了！告訴貓咪，牠永遠在我的心裡。奧維，一位名人曾這樣說過，人在死後，如果有一個永遠真心懷念他的人，他就是個幸運兒。奧維，我此生有幸，得到一個像你這樣的好丈夫，我會永遠懷念你！」

我彎下身，最後一次親吻他。他的臉孔冷如冰塊！

接著，萬羅——奧維在病痛日子裡最真誠的朋友也走到棺材旁邊，向他默然道別。

彼德把奧維戴了四十年的結婚金戒子遞還給我，然後徵求我的意見，是否可以蓋棺材了？

我點頭同意。

我知道，奧維會很滿意那天的「送行儀式」：簡單、莊嚴、感情真切。一切如他所願。

奧維的遺體在五天之內會被焚化，焚化場會通知我去領取骨灰。

到時，我會再送他一程，送他到海裡去。

誰把我推下樓梯？

我不應該怪奧維在生前不聽我的第六感警告；我自己也犯了同樣的錯誤。

大概是在我感覺到有冤魂附在奧維身上的時間開始，我每次在樓上經過樓梯口，便聽到腦海裡飄過一陣喃喃細語般的聲音：「這裡將是妳死亡的地方。」

我第一次聽到這聲音的時候，瞟了樓梯口一眼。心想：這裡沒有危險！為了奧維的安全，吉斯敦已經囑人在樓梯口安裝了一道高至腰圍的木柵，只能向內開而不會向外移；這樣，就是奧維在那裡摔跤也沒有跌下樓梯去的危險。當時，我把全部精神集中在奧維怪異的病症之上，根本沒時間想到自己。而且，我那時對自己的身體有信心，照顧奧維雖然辛苦，但我並沒有感到體力不支。於是，我對那陣重複浮現腦際的喃喃細語聲不當作一回事，聽而不聞。

護士維琦早跟我約好了，九月九日上午十一點到我家來，把護士中心借給我們使用的緊急呼救機收回去。

那天剛好是奧維葬禮後的次日。電梯的座椅停放在樓下，因我日前把它送到樓下當椅子用，回家後並沒有把它移返樓上；而且座椅的兩個手墊還是伸出來的，好像一個人坐在那裡，兩隻手平放在膝蓋上一樣。回家後又隨手把大門的鎖鏈掛上，這是我過去從來不做的事情。第一次那樣做可能是出於尋求安全保障的心理。

這一來，意外事故的場景已經在那裡安排好了。

我在寫信，等著維琦的到臨。門鈴響了一次，不見維琦上來。門鈴又再次響起來，這時我才想起，大門掛上了鎖鏈，維琦用鑰匙開了門，也無法進來。於是我趕快急步下樓，免得她久等。

我下到樓梯的一半，忽然覺得右腳好像被人一把拽住，卡在那裡不能動。因為我是跑著下去的，身體的衝力很大；腳被拉住不能動，身子繼續往前撲。我跌下去了。

說跌下去，不如說是飛下去。因為我在跌下去那一刻的感覺是飛，我的身體輕輕的，完全沒有重量感，我的腦子也是空空的，沒有慌張，沒有恐懼。後來，我倒底碰到什麼而昏迷過去，也沒有感到一點的痛楚。假如這就是死亡，那倒是美麗的經驗！

可是，我醒過來了，聽到維琦在門外緊張地喊著我的名字：「艾莎！艾莎！」。她的聲音把我從昏迷中叫醒了，我嘗試從地下一躍而起，但兩腿不聽命令。於是，我集中所有的力量往那道門爬過去，發現有一攤黑紅色的血液跟隨著我的身體。這時，我明白我的身體受了重傷。我終於爬到門邊，舉手把鎖鏈拉下，便靠著牆壁倒下來。

維琦一進門便說：「艾莎，妳的傷口得縫起來，我打電話叫救護車！」

在我再度昏迷過去之前，我還來得及說：「維琦，幸好有妳在這裡！」

我最後聽見的是維琦的道歉：「就是因為我在這裡！」

等我清醒過來，發現自己躺在急診室裡，上面有強烈的燈光照著我，周遭昏昏暗暗，有許多黑影站在那裡。

我聽到一個男人的聲音說：「我開始剪了！」不久，我便感覺到胸部的衣服被剪刀剪開了。我張開眼睛打量自己的身體，原來我是赤裸裸的躺在那裡；身上還貼了許多用線連接起來的白色圓塊。我明白了，醫院預防我會隨時進入休克狀態做準備。

接著，我的後面傳來一個女人的聲音：「我開始縫了！」這時我才感覺到，我的頭被一大團的冰塊包裹著。我細聲要求：「給我打止痛針。」後面的聲音說：「頭部受傷不打止痛針。」於是，我把眼睛緊緊閉上，準備忍受強烈的痛楚。但我只感覺到一根針在我的頭顱上進進出出，除此之外，毫無疼痛感！

我又聽到那男醫生的聲音：「幸好傷口在頭的後面。」我明白傷口將會留下一大塊傷痕，在頭的後面可用頭髮把之覆蓋起來。

不久，我又失去知覺。再醒來時，發覺自己躺在一間黑黑的房間裡，外面的走廊亮著燈光，我見到病房裡雖然有別的床，但我是房間裡唯一的病人。我的頭被包裹得像一個大球，於是，我合起眼睛，昏昏迷迷地睡著，腦子裡什麼思想也沒有。每當有人走到我的床畔，我會知道，睜開眼睛，看到護士或醫生來替我量血壓，用小手電筒照視我的瞳孔。我的醫學常識告訴我，醫院在觀察我腦部的出血會不會繼續惡化。這是決定我生命的一段時間：我會死去？我會癱瘓？我會變成一個無知覺的植物人？都會在這段時間內發生。

我昏昏迷迷地睡著，晝夜不分。在這段時間裡發生了一些神祕的事情：我會忽然聽見有人叫我的聲音：「艾莎！艾莎！」那是一個男人的聲音。我第一次聽到的時候，以為是萬羅，或者是我的鄰居來探望我；可是睜開眼睛一看，房間裡仍然是黑黑的，除了我，沒有別的人。不知過了多久，那聲音又在喊我的名字。如是者，我多次重重複複地聽到那聲音。心想，奇怪！我根本沒有通知任何人。誰會曉得我躺在醫院裡？如果不是活人在喊我，那可不可能是奧維在呼喚我呢？

一天早晨，護士進房來，對我說：「妳今天要換病房。這個部門在週末是要關閉的。」我出了事被送進醫院的那天是星期三，現在是週末了。那我在奧本羅城醫院的黑暗病房裡躺了大概有三天兩夜吧！

護士把我搬移到另一間病房，與一個也是半昏半迷的女病人同房。換了房間以後，我就沒有再聽到過那喊我名字的神祕聲音。

我不再昏迷了，但身體失去平衡感，起床就往一邊倒，走路成了大問題。奧本羅城的醫院沒有腦科部，醫生與松德堡醫院的腦科醫生討論我的腦傷，懷疑我的腦子裡有血塊，於是把我轉送到松德堡醫院去，那就是奧維去世的地方。

第二天早上，我有一個意外的訪客。松德堡腦科部的聯絡護士荷尼來看我。她跟我說，她一早上班，看見腦科部留醫病人的名單上竟然有我的名字，她就立刻上來。她也很遺憾地說，當奧維進醫院的時候，她已經下班回家去了。第二天早上就接到奧維在夜間去世的消息。荷尼的到訪，使我覺得很安慰。

我在松德堡醫院待了一個月，醫生宣布我可以出院了。護士替我叫了一部計程車，把我送回家去。

踏進家門，一片寂靜。我第一眼便是看地板，我離開的時候，滿地都是血，現在地板乾乾淨淨的。我心裡感謝護士維琦，連地板都替我洗乾淨了！接著，我的眼睛落在那部電梯座椅上，它仍舊像一個人那樣坐在那裡，兩隻手平伸出來。那天叫我幾乎喪命的就是它。當日我從樓梯上摔下來是往前撲，在落地前身子翻了，頭顱後部碰到座椅手墊的尖端，裂開一個大口。

我把座椅用遙控機送回樓上，自己緊抓著樓梯邊緣的木條，一步、一步的用力走上去。

我天天躺在床上養傷，腦子裡不斷想：那天的摔跤實在太不自然，是有一隻無形的手在樓梯半途把我的腿拉住。

那麼，是誰把我推下樓梯去？

曾有親友打電話來說，我那天的摔跤是因為奧維要把我帶走。這我不相信。奧維是一個一點私心都沒有的人，如果他死後有靈的話，他絕對要我活下去，好好的活一段日子。

我一個人在家裡躺了很久以後，得到這樣的結論：那天把我推下樓梯去的就是那些把奧維的生命能源奪去的冤魂。我感覺到它們仍然繚繞在我的周圍，原來我也是它們獵取的對象。

奇怪的是，我不懼怕它們。它們要我的命，我的確幾乎喪了命；但我從死亡裡回來了。我還活著，只是失去了很多的生命能源；但我感到有一股力量在後面支持我。這股力量來自我的意志力、我的意識、我的潛意識；它將是我在這場肉眼見不到的生命之戰中的同盟。有了這股力量作為我的戰友，我堅信，我會把失去了的生命能源逐步、逐步的爭奪回來。我堅信，那些冤魂鬼氣終會有敗陣離散的一天。

他真的回來看我

小的時候愛聽成人講述見鬼的事情。記得大約六歲那年，我的十七姨（母親的妹妹）在我們家因腸熱病去世後不久，家裡的女人——母親、姨媽、幾個傭人都在低聲討論：

「今晚是她的回魂夜！」「是呀，今天晚上她的鬼魂會回家來！」

我豎起耳朵來聽，一知半解，但又不敢問個究竟，心裡知道準定會挨一句罵：「小孩子不准多嘴！」十七姨「回魂」的那個晚上，我把被子緊緊包著身體，等待有什麼事情發生，但什麼事情都沒有發生。雖然什麼都沒見到，但我有了深刻的印象：人死後，過了一段時間，其魂魄會回家來看親人一次。

少女時，我的理智反對有鬼這回事。人家說哪裡有鬼，我還壯起膽子，故意到鬧鬼那裡走一趟、睡一個晚上，對自己證明沒有鬼。

在我思想成熟了的歲月中，我開始相信，人的身體與精神在死亡後化成能源，飛散宇宙各方，最終回到宇宙的能源中心。唯有激情烈愛、深仇大恨、對人間尚有捨不得的留戀才會使這些能源在人世多滯留一段時間。這是我的信念。

我從醫院回家後，心裡總是想著，奧維在他的能源全部消散之前會不會回來看我一次？但日子一天、一天的過去，他沒有回來。我終於放棄希望。

一天晚上，我已熟睡，忽然見到客廳裡燈火通明，淺褐色的木地板在明亮的燈光下閃閃發光，一雙只穿著襪子的腳在那裡像跳舞那樣移動著。

我心裡一陣興奮，奧維回來了！我急忙從床上起來，走到客廳一觀究竟。我蹲下來看那雙動著的腳，身前那道門忽然砰的一聲，打開了（客廳通到門廳的那道門。門的木框中間鑲了十塊大玻璃片，一開、一關都會發出砰的聲音）。

抬頭一看，站在門開處的就是奧維。他的樣子和穿著與他那天躺在棺材裡一模一樣：他穿著那套深灰色的漂亮西裝，打著那條淺黃帶小黑點的領帶，戴著那副金框眼鏡。

「奧維！奧維！」我興奮的喊著，跑上前去擁抱他。

但我擁抱在懷中的只不過是空氣而已！

奧維又立刻再度出現。但我們見面的地點改變了，兩人坐在松德堡醫院咖啡廳裡的一張圓桌旁邊。咖啡廳裡還有很多別的人，但我能清清楚楚看到的僅是奧維，他換了衣服，穿的是他在松德堡醫院病床上逝世時所穿的白紗袍。我還笑著對他說：「奧維，沒有人會曉得，你是從死亡裡回來的。」奧維一句話也沒說。

最後，他要走了。他進入一個很奇怪的地方，有點像歐洲屋子的屋頂窗。我看著他的身體慢慢往下降落。在他的身子快消失之前，我忽然記起一件重要的事情，趕忙趨前問他：「奧維，你是不是真的去投胎再生？」

他臉上露出燦爛的笑容，兩眼充滿愛意地看著我，搖搖頭。不是！答案是個「不」字！我驚訝無言。

他看到我眼睛裡的驚訝神情，笑容變得加倍燦爛。他說話了：「我上天堂去！」說完這句話，他就不見了。

次晨醒來，我睜開眼睛便立刻回味夜間與奧維的相見情形。驚訝之意又蕩漾腦海：他生前堅信自己死後會投胎再生，原來錯了！

奧維跟別的丹麥人一樣，一出生便屬於基督教的路德教會（The Lutheran Church）。他曾受洗兩次：命名時的受洗和十四歲時的堅信禮；在學校裡受過宗教教育。他長大後相信耶蘇基督，卻不相信上有天堂、下有地獄。但，不管他是真的上天堂，或者是到一個宛如天堂般快樂的地方，我都替他高興。

我也自問，昨夜是做夢見到奧維嗎？

中國人有成語說：日有所思，夜有所夢。發現潛意識的奧地利教授佛洛依德則說：夢是願望的成真。我自己的解釋是：夢是一杯混雜的雞尾酒。日間被理智所壓制的擔憂、害怕、恐懼、憤怒、失望等都沉澱到潛意識裡面；夜間睡眠時，理智不再站崗，負面的情緒像泡沫那樣從潛意識那裡飄浮起來，與記憶裡的人物、事件、地方混合起來，以夢的方式出現。

我自己是個多夢的人。年輕時因極力克服自己怕鬼的心理，晚上夢中見鬼特別多。所以，我對做夢很有經驗，夢是灰色的、渾渾濁濁、無頭無尾、亂七八糟；而且在記憶裡不會留下深刻的痕跡。

這次與奧維的重逢是發生在燈光明亮、七彩顏色之下，細節明確、有條有理、情緒真實，是一個銘刻記憶的經驗。我那天晚上不是做夢。

那麼，可能是夢遊嗎？

夢遊是一種病。我的父親是內科醫生，生前曾經有過一個患夢遊病的女病人。這個女病人習慣在夜間起床，赤腳走在陽台的邊緣上。父親囑咐女病人的家屬，看到她在陽台上散步的時候，不要把她叫醒。因她一旦醒過來，看到自己站在陽台的邊緣，會很驚慌，反而有跌下樓去的危險。

我自己從來沒有夢遊病。我那天晚上所見到的是奧維的能源。在他的生命能源全部消散之前，他聚集所有的剩餘力量，回來看我。假如那天晚上我自己的肉體沒有真正的從床上起來，那準定是我身體的能源離開我的肉體，前往迎接他。

此時，我也肯定，我自己在醫院裡彌留生死之際所聽到的神祕聲音是來自奧維的。他把我呼喚回人世。

當人徘徊在生死邊緣的時候，被聲音帶領回生命這一邊的事情並不稀奇，我自己就有兩個實例。一是，我的父親曾一次病危，自己覺得已接近死亡，忽然聽到有人在唱聖詩；他朝著聖詩聲音的來處走去，結果回到人世。二是，看著我長大的女傭人跟我說，她在鄉下時得了重病，家人都以為她已經絕了氣；她在一片漆黑中摸索前進，遠處傳來哭號聲，她跟著哭號聲的方向走，結果起死回生。

那天晚上我與奧維相見，不是做夢，不是夢遊。他真的回來看我了，但那也是最後的一次。

等待、等待、再等待

我本來準備一拿到奧維的骨灰甕就租船出海，把他送到海裡去，完成他最後的一個願望。可是，命運跟我開玩笑，在我的前面放了幾個大障礙，叫我等待、等待、再等待。

首先，得等待我的頭部受傷痊癒。

奧維的葬禮在九月八日舉行。次日，九月九日上午，我從樓梯跌下去，腦部受了重傷，進了醫院。一個月後，才從醫院回家，卡倫瑪麗來看我，說她打電話到焚化場去詢問，奧維的骨灰甕已移放在教堂墓地的辦公室，等我去領取。但我那時連講電話的力氣都沒有，更不要說上街外出了。於是，我請墓地辦公室把奧維的骨灰甕保存起來，等我的身體能夠到外面走動的時間就去領取。

我腦部後方的傷口慢慢地癒合，但身體的不平衡感仍然是我日常生活中面對的最大問題，尤其是從床上起來的那一刻最危險，身體不由自主地往右邊倒，我非得在身體摔倒之前踉踉地衝到牆壁或重的家具旁，靠著它們、挨著它們，然後再往前去。有好幾次，我從甲處到乙處之間來不及倚靠，摔跤了；疼痛之餘，立刻檢查自己的手與腿。啊！沒有折斷，才鬆了一口氣。

這些時刻，我常想起奧維生前的情形，在腦子裡對他說：「奧維，以前是你的身體失去了平衡感，現在輪到我了。如果你能看到我今天走路的樣子，你一定會有很多的幽默話可說。我走得很滑稽，好像一個酩酊大醉的水手，走在被海浪搖得左傾右倒的甲板上！」

這段日子裡，萬羅和他的妹妹卡倫瑪麗是最照顧我的人。他們替我上街購物，送到家裡來；卡倫瑪麗每次來看我，總是帶著鮮花和她自己做的熱湯、糕、餅、水果等食物。萬羅見我起床有摔跤的危險，拿來一條很長的電話線，把客廳裡的電話分機搬放到我床頭的桌子上。當有人打電話來，我可以在床上接電話。

那時，我開始打電話給奧維的親戚和那些他生病時到我們家來看望過他的好朋友。他們對奧維的去世都表示吃驚。

一個說：「他怎麼去的那麼快！我上次到你們家看他的時候，他的樣子還是很好的！」我回答：「你曉得奧維的性格。他不喜歡在人前訴苦。他坐在椅子上不動，你看不出他的痛苦。他穿著寬鬆的運動服，你看不出他身體的消瘦。」

另一個說：「奧維去世前的幾天，我跟他通過電話，他在電話上還很開心地說笑！」我說：「你不知道，是我替他拿著電話，讓他跟你講話。奧維至死不忘幽默，那是真的！」

最好的反應來自那幫跟奧維二十多年來每年聚餐兩次的八、九位男士，都是他年輕時代的同事。他們寄了一封信給我，上面寫著：「我們男人聚會時，常常發牢騷，數落自己太太的不是。但奧維總是帶著笑容說：『我不能夠想像，能找到一位比艾莎更好的太太！』」這句恭維話從第三者的口裡傳回來，使我感到很安慰。其中一個男士來電說：「我們以後每次聚餐，必會向奧維『skål』三次！」（Skål是丹麥人敬酒時所說的話，等於中國人的乾杯）

另一件使我心裡感到很安慰的事情是，一天我收到從台北寄來的一張賀年卡，寄卡者原來是一向把奧維叫做「陽光」的陳毓駒與他的太太。陳毓駒已從外交界退休，一半時間住在美國，一半時間住在台灣。他在卡上用英文寫著：「陽光！我們無時無地都懷念著你。」如果奧維知道，他最好的中國朋友、他最欣賞的中國紳士無時無地都懷念著他，他會非常的高興。我立刻打長途電話給陳毓駒，告訴他：「太陽下山了，陽光已消逝！」

一日中午，有人在門外大力按鈴，我扶著樓梯，極小心地走下去開門。一個穿制服的男人捧著一大堆的飯盒進來，說：「妳的醫生叫我們送飯來給妳。」

這位醫生是我的新家庭醫生沃若克（Worek），他買下了我們以前的家庭醫生翰莫的醫務診所。翰莫醫生於二〇一〇年八月退休了，沃若克醫生接受我成為他的病人。我第一次去見沃若克，是去拆除頭部傷口的縫線。他四十多歲，態度誠懇、性情溫柔、富有同情心。從那天開始，他便悉心照顧我。那時他剛把醫務所接下來，事務忙得很，往往工作至晚上七、八點，但他在回家前仍然兜到我家來看我有何需要。他認為我需要有好的營養來恢復身體，自動打電話到居民服務處的公共廚房，叫他們定時送菜飯來給我。這事我先前完全不知道。

在過後的兩個月，居民服務處每星期三送一次飯來，一次送七盒，供我一星期之用。送飯時帶上一份菜單，我可在上面選擇下星期所希望吃的菜。這些菜已經燒煮好，只需在微波爐裡熱五分鐘就可食用。居民服務處還派人每天中午到我家來替我把飯菜熱好。兩天後，我跟他們說，這樣的小事情我可以自己做，無需勞煩他們。

公共廚房送來的飯菜是丹麥菜，肉類每天都不一樣，有的搭配馬鈴薯、有的配著米飯，蔬菜和肉汁是每道菜必有的，還包括飯後甜點。我跟廚房說，甜點我不要了。我每天吃一頓這些營養充足、味道也不錯的熱餐，感覺到身體的能源逐日增加，身體搖搖晃晃的不平衡感逐漸減輕。我膽敢外出走路了。

沃若克醫生也吩咐：「艾莎，走路，每天都得走路！」我第一次的外出僅是過馬路，到對面的圖書館去，看身體吃不吃得消。來回都平安無事，我安心了。第二天便走得遠一點，第三天更遠一點。我每天走的時間越來越長，腳步越來越穩定。

經過三個月的養精蓄銳，我終於克服了身體給予我的障礙，正如一隻斷了翅膀的鳥兒，好些日子躲藏在樹叢裡；終於有一天，發現曾經斷了的翅膀又差不多長好了，可以撲翼飛出去。此時，我對自己的身體恢復了信心。心想，我可以送奧維到海裡去了。

可是，另一個大障礙跟著出現：下雪了！

從聖誕節開始，天天下雪，好像天上有倒不完的雪花，急急地把一籮筐、一籮筐的雪片往地上扔，不停地扔。過了年，街上行人道和馬路上的積雪都凍結成冰，剷雪車一天出動好幾次，也僅能在馬路中心鏟出一小段的空間，讓車子從那裡通過。我從家裡的窗戶看出去，見到其他屋子的尖型屋頂都被一層厚厚的雪覆蓋著，屋簷垂掛著長長的冰條，好像屋子被積雪壓得喘不過氣來，在呼哧噴涕似的。

那是丹麥四十年來最冷的一個冬天，跟奧維與我結婚的那一年一樣的冷。天變得鐵青嚴峻，地變得冰寒溜滑，海港裡的水彷彿被魔術轉化了，從蕩漾起伏的波浪化成堅實的冰纜，千千萬萬條的冰纜把港口重重封鎖起來。

這個大自然的障礙是凡人之力所不能搬移的。我只好默默地對奧維道個歉：「對不起，又要你等！讓我們等到三月底吧！到了三月底，奧本羅的港口應該解凍了！」

在等待的漫長冬日裡，家裡一片平靜，好像旋風平息後的平靜。我的家也回復了正常的樣子。在奧維去世後的第二天，輔助器房的管理人便帶著四個男助手來到我家，在門口向我說一聲：「請接受我們的弔唁！」便手拿著單子，把以前輔助器房借給奧維使用的各種輔助器具一一點收——從醫院病床、輪椅、助步車、廁所、椅子、桌子到書架、杯子、調羹、被單等都搬走；那些在屋子裡釘裝穩固的設備則留下不拿。接著，另一批工人到來，把門前的銀色跑道拆除。過了不久，醫院也派人來了，把奧維生前使用的氧氣機取回去。

至於那道座椅電梯，由我繼承了。職業治療師吉斯敦來看我，我們兩人坐下來憶舊長談。她認為，我跌下樓梯受傷與我過去兩年來的體力過度透支有關。於是，我說，我想把座椅電梯留下來自己用。她回答我：「那妳要再申請，因那道座椅電梯是批准給奧維的。妳跟妳的醫生說一下吧！」

在奧維生病受苦的歲月裡，我把吉斯敦看作是我們患難之交的朋友。我與她相見時總像好朋友那樣相擁一下。但我也明白，我們的友誼只能存在於「患難」之中，在我們之間有一條政府規定的公與私的界限。此界限不可逾越。吉斯敦離開的時候，我們兩人相擁道別。她回到她的職業世界去，我則留在我的私人地域裡。

我依照吉斯敦的吩咐，到沃若克醫生那裡。沃若克醫生立刻通知居民服務處，那道座椅電梯應該歸我所用，而且，電梯已在那裡，不用再花錢裝置。至今，我上樓下樓仍然走樓梯，但重物的搬上搬下，均由座椅電梯效勞，對我幫助很大。

那些會令我憶起奧維生前痛苦情形的物件大都已從家裡消失，但我在家裡面靜坐時，會忽然抬起頭來看著他的房間，「奇怪！怎麼奧維不再走出來！」晚上起床時，總會往客廳的窗戶瞟一眼，「咦！奧維沒有坐在那裡！」

我等著、等著，終於等到三月底。一連下了幾天的大雨，天與地都溶化了。鐵青冰冷的天變得淡藍柔和，充滿光線；硬實嚴寒的地擺脫了冰與雪，充滿水分，地下的生命在黑暗濕潤的泥土裡甦醒。大自然充溢著生命的呼號。

我也聽到大自然的呼號，在三月底的一日，穿上厚大衣和靴子，一個人步行到奧本羅的港口去看形勢。這段路是奧維生前和我在夏天常走的散步之路，一去一回就是一個多小時。但我從來沒見過港口像那天那樣的騷動不安。嚴冬時封鎖港口的冰纜都斷裂了，破裂成巨大的白冰塊。冰塊隨著水流在水面上浮動，彼此碰碰撞撞，好像很不耐煩地爭搶著出海去的空隙。遠方的地平線是海天相連，遼闊的海洋等著冰塊的歸家。

經過港口的遊艇俱樂部，那裡寥無一人，只見小遊艇擠擠插插地停泊在碼頭旁，被冰塊包圍著，像一群在寒風中顫抖著的無主孤魂。

站在港口那裡，我也冷得發抖，眼淚、鼻水都流出來了。回家去吧！送奧維到海裡去的日子還未到！只好耐心再等待。

隨海而去

二〇一一年五月十一日是一個春陽燦爛的好日子。天空像一個巨大的透明貝殼，一望無際的淺藍色，晶瑩潔淨，潔淨得連一片白雲也沒有。地上安靜得連一點風也沒有，彷彿愛出風頭的風伯那天躲在家裡不露面，讓溫柔的春陽盡情地撫慰那些靜立著的樹木、花叢、綠草……

在這個美麗的五月天，我終於可以把奧維送到海裡去了。這是他和我共同等待了九個月的特殊日子。

一個星期前，我在奧本羅的港口遊艇俱樂部租了一艘船。船主佩本（Preben）願意幫忙，帶我出海去。他白天上班，所以約好下午四點半，待他下班後在遊艇俱樂部碼頭見面。

出海的前一天，卡倫瑪麗和我到教堂墓地的辦公室去領取奧維的骨灰甕。辦公室裡只有一位女士坐在那裡，她一見我這個外國臉孔的女人進來，立刻從辦公桌站起來，臉上滿是問號。我猜想，我大概是第一個走進她辦公室的東方女人。我立刻向她解釋：「我是艾莎・嘉士麥。

我今天來『接』我的先生奧維・嘉士麥。」

辦公室的女士聽了，臉上的問號變成一團笑容。她走到一個大櫃前，用鑰匙開了櫃門，拿出一個大盒子，放在桌子上打開，裡面是一個像花瓶那樣的深藍色大甕，高約五十多公分。甕上掛著一個名牌：「奧維・嘉士麥」。

這就是奧維！我不禁感嘆：一個堂堂漢子，到最後也只不過是一甕灰。我在文件上簽了字，向辦公室的女士道謝：「感謝你們，替我把奧維照顧了那麼長的時間。」

那骨灰甕不知是用什麼材料做的，重得很，我一個人不能把大盒子捧起來。幸好隨身帶了一個有兩條帶子的大旅行袋。於是，卡倫瑪麗和我把甕放進袋子裡，一人一手拿一條帶子，把很重的甕搬移到車子裡去。回到家門，萬羅剛好在隔壁做事情，見到我們提著重重的袋子回來，立刻走過來幫忙。

我指著藍色的甕，對萬羅說：「這就是奧維！」他臉上的表情使我想起自己剛才第一眼看到甕時的感嘆：一個堂堂漢子，到最後也只不過是一甕灰。他替我把骨灰甕提進家門，放在樓梯旁邊，讓它在那裡過一夜。我們明天出海去。

漫長等待的日子裡，我有時候在別人的面前埋怨天氣：「唉！港口還沒有解凍。不知還要等多久才能把奧維的骨灰撒進海裡去？」

「奧維已經走了！」是別人一律的回答，還喜歡順手把食指朝天一轉，示意奧維的靈魂已上了天堂。「留下來的只不過是他的骨灰而已！」

我當然知道奧維已經走了。他去世後回來看我的那個晚上，就是他所有的靈的能源離開人世前的那一刻。但，我相信宇宙萬物均有能源。奧維的骨灰是他身體遺留下來的最後點滴，仍保存著一些能源在那裡。在我的眼中，他的骨灰一天不在海水裡消散，他一天沒有得到終極的自由。

風和日麗的五月十一日下午四點半，我和佩本在遊艇俱樂部的碼頭會合，他替我把奧維的骨灰甕先放到小遊艇上，這船是他假日公餘時出海釣魚用的。我一個人登上船，坐在甲板上，奧維的骨灰甕在我的身旁，我用一隻手臂抱著它：「奧維，我們出海了！今天就是你和我兩個人。」

佩本解了船纜，發動馬達，靈巧地把船駕離那群緊緊密密泊在一起的遊艇。小船沿著港口往前去。看來，這是一個深入海灣的港口，船要行駛相當一段路程才會到達前頭的海。港口兩邊是兩道並不太高的山巒，滿山綠樹蓊鬱，偶爾有一、兩幢洋房在近海的山麓間出現。遊艇季節尚未開始，港口寧靜得很，在出海的二十多分鐘途中，我們只遇到過另外一艘船，停在港口的中央，船主一邊做日光浴，一邊看書。他向我們的船搖手打招呼，我們也向他揮手回禮。

奧維去世後，我一直以為送他到海裡去的那一天我會滿懷傷感。但事實正好相反，九個月之後的今天，我陪他走到海裡去的最後一程，我的心情出奇的開朗。我不再想著他的痛苦、他的死亡；我想著的是，我終於可以把他送返大自然，讓他得到終極的自由。

海風吹拂著我的臉，把海的清新味道吹進我的鼻孔，也把我的思想帶回到過去的海洋：奧維與我年輕時第一次相遇的地中海、我們在埃爾西諾城的古堡結婚時結了冰的海峽、我們婚後旅遊所經過的海洋——北海、北大西洋、太平洋、印度洋、我們居住過的西班牙海岸、哥本哈根長堤旁的海……一一飄過我的腦際。回顧過去接觸過的海洋，我突然醒悟，地球上的海洋雖有不同的名字，但所有海洋的水是相通的，一脈相承。

奧維與我的羅曼史從海開始，四十多年後在海結束，是一個大圓圈的完結。此時，我也洞悉到，這個羅曼史的大圓圈是命運之手畫出來的。命運的語言是一種無聲的暗號。暗號可能是一樁好事、一個好人，吸引我朝那方奔去；暗號也可能是一回不幸的遭遇、碰到一個壞的人物，令我拐彎，另覓他途。透過不同的暗號，命運把我這個從童年開始就有做飛鳥願望的中國女子從東方的海帶到歐洲，讓我在地中海上遇到奧維。命運再用暗號叫我飛到美國，再繞道飛到丹麥，與奧維一起建造一個共同的巢，成為一雙比翼鳥。我們一起飛過海洋，飛過高原，飛過順境、飛過逆境、飛過幽靜安寧的山谷、飛過旋風渦捲的地帶，最終還是回到海洋。始於海，終於海，圓圈的開端與圓圈的結尾合而為一。

船的馬達聲停止了。小船已經置身廣闊的海洋中，港口的兩道山巒遠遠落在後頭。那天的海風平浪靜，寧靜的大海向天際伸延，投進天空的懷抱，遼闊的天空也溫柔地俯身迎接大海，把她抱進懷裡。

船主佩本的聲音響在我的耳畔：「你現在可以做了。」

我走到船緣的扶手欄杆，佩本替我拿著那很重的藍甕，站在我的身旁，說：「先把灰倒到海水裡，然後才把甕扔下去。如果連甕帶灰一起扔，它會再浮上來的。」

我感謝佩本的經驗勸告：「好的，你替我倒吧！」

他把甕蓋揭開來，用兩手把甕往上一舉，然後往下一傾，甕裡的骨灰傾瀉出來。

那天海上沒有勁風，骨灰沒有被風吹散。那些骨灰並不像普通一般的灰燼那樣灰灰輕輕的；它們是沙黃色的，顯然有自己的重量，聚集起來，像一道小沙泉那樣投注入海。

被扔下海去的甕立刻在海水裡下沉消失，但那堆像沙似的骨灰並沒有立刻沉下去。一團黃沙浮出水面，先往兩邊散開，然後跟著海裡的水流往後慢慢地拖長，變成一個人形，猶如一個張開兩隻手、飄浮在海水上的人影，飄蕩在遊艇的旁邊。

我的眼睛一刻不離那個伴著船飄蕩的黃沙人影。在我的眼中，那影子便是奧維。我低聲向他告別：「奧維！你現在回返大自然，與天、與海同為一體。永別了！永別了！」

那黃沙人影在船邊蕩漾了一會兒，大約一分鐘左右，便霎時間隨水而逝，消逝得無影無蹤。「永別了！永別了」

在那個美麗的五月天，奧維隨海而去，獲得終極的自由。

後記

這本書的誕生帶著一點神祕的色調。

在我的丹麥先生奧維患了ＡＬＳ絕症（肌萎縮性脊髓側索硬化症）的四年中，我從來沒有想到要把他患病的情形用文字寫下來。在他葬禮後的次日，我自己從家裡的樓梯摔下去，被送進醫院。從醫院回家後，有一段日子躺在床上養傷。受過重傷的腦子依然是迷迷糊糊的，但一個念頭在迷迷糊糊的境界出現：「把這四年的經歷寫成一本書！」

初時，我根本不理那個念頭。醫院的醫生叫我不要多用腦，書也不要多看。我自己當時也覺得腦子那麼累，我以後不會再寫書了。可是，「把這四年的經歷寫成一本書」的念頭頑固得很，天天都在我的腦子裡轉來轉去，爭取我的注意力，猶如一顆種子在黑烏烏的泥土下面出力掙扎，喊著：「我要活！我要活！讓我出土生長！」

我的感情終於被那頑固的念頭搖動了，但我的理智對它仍然保持一個大疑問。把這種世上患者極少的古怪病症作為主題來寫一本書，誠實地道出患了這種殘忍絕症的病人所受的不人道折磨，以及我自己的特殊經歷，會不會引起讀者的興趣？我必須找一個對書本有精明判斷力的第三者來做一個客觀的評價，我再決定，是否讓那顆在腦子嚷著要活的種子出土生長，認真地栽種它。

誰才是理想的第三者？我無需多想。腦子裡叮噹一聲，理想人物像一盞電燈那樣在腦際亮起來：她是居住在荷蘭的丘彥明。丘彥明是我的文友，也是我非常欣賞的好朋友。她是一位既富有經驗，手法又高明的編輯，熟悉讀者的脈絡；她是一位把栽花種菜的農作事都能寫成優美文學的作家；她有智慧、有眼光、更有高尚謙和的人格。

於是，我發了一封電子郵件給她，把在我心頭蘊釀發酵的想法告訴她，請她下個判斷。

彥明的答覆叫我低落的心情頓時高漲。「妳不是孤立的！」她說。這句話給了我莫大的鼓勵和精神支持，使得當時身心皆疲累的我有力量站起來，開始鋤地耕耘。

彥明又建議：「這書的主軸雖是ＡＬＳ這怪病，但中心應該是奧維與妳，一定要凸顯出人與人性，病中的互相扶持、恐懼、沮喪、安慰……，以及他西方血液、妳東方血液之間的差異，文化的衝突等。」

彥明的建議就成了這本書的精神骨架，正如種花時在土地上建立一個有形態的支架，可讓枝葉攀緣著它往上生長。寫作開始後，我的思潮和靈感都沿著這精神骨架攀爬。於是，那顆在我腦子裡嚷著要活的種子終於破土而出，生枝吐葉，開出花朵，長成了書裡面的愛情故事、中西婚姻故事、有關失落的故事、有關命運的故事、有關勇氣的故事——面對殘酷的病痛及死亡的勇氣。

書的初稿完成後，再經過彥明的編輯妙手一番整理，將之剪枝修葉、澆水加肥。所以，丘彥明對這本書的誕生和生長有極大的功勞，我心中對她的感謝不可能僅用幾個字表達出來。

這本書自二〇一一年三月開始寫作，中間停頓了兩個月，因我到美國和加拿大探親。回到丹麥後重新收拾文思，繼續努力寫下去。到了是年十一月，我到廣州和高雄兩地去出席首屆〈共享文學時空——世界華文文學研討會〉的盛會，寫作又中斷了一個月時間。回家後開足馬力趕寫，初稿終於在二〇一二年的三月脫稿。

在整個寫作過程中，我的心情沉重，寫到令我痛苦的地方，我的意識躊躇不前，大概是不願意把精神的傷口重新挖開來，但從潛意識那裡傳來一陣如戰鼓般的催促：不要停止！往前去。在這種內心的鞭策之下，我便像一隻老戰馬那樣仰起頭來往前衝。當我寫到書的最後幾章，竟然淚流不止，不時要掩臉停寫。事發一年多之後，重新講述那些痛苦的回憶，會叫我灑下那麼多的悲傷之淚，是我自己沒有料想到的。

這本書的寫作雖然是一種痛苦的經驗；但對我來說，也是好的經驗。它是一種自我心理治療。那股幾年來纏繞著我的冤氣陰霾離我而去，像日出後的霧氣般消散了。

在此，我也要感謝許多人。我一生走的地方多，交過眾多的朋友。但我一生走的路途大都是豔陽普照的路徑，我交的朋友也大都是歡樂時代的朋友，我從來沒有需要別人的幫助。在過去的四年，我首次走過一個幽暗恐怖的深谷，在幽暗的深谷中我首次感悟到真誠友誼的可貴。那些在深谷中曾助我一臂之力的人，那些曾給予我精神安慰的人，那些曾為奧維或我落過同情之淚的人，都是我要誠心道謝的朋友。

這本書裡我描寫了「肌萎縮性脊髓側索硬化症」的猙獰面目，但我所描繪的僅是我所經歷的的一面。據我所知，患這怪病的人病情發展都不一，各有其恐怖的獨特處。故此，我相信這個尚被神祕黑幕遮掩著的病症一定會有許多不同的可怕面目。

我也描寫了一些來自第六感的玄虛離奇感受。我本來是不願意把它們告訴第三者的；可是，這本書的目的是誠實地把一切寫出來。那些聽起來怪誕不經的感受發生在我這個積極反迷信的人身上，便有誠實付之於紙的必要性。

我希望，不久的將來，醫學界能把掩蓋著這怪異病症的神祕黑幕揭開。讓世人知道，如此稀有、如此殘酷的絕症從何而來？讓世人明白，它到底是怎麼一回事？讓世人曉得，怎麼去對付它？

最後，我要祝福這本書。它是我辛苦養育長大的精神孩子，自有其生命。我祝它有一個長壽的生命，活得長，走得遠，飛得高。

元蓮　二〇一二年三月八日

INK PUBLISHING 文學叢書 402
丹麥之戀

作　　者　池元蓮
總 編 輯　初安民
責任編輯　鄭嫦娥
美術編輯　林麗華 黃昶憲
校　　對　池元蓮 鄭嫦娥

發 行 人　張書銘
出　　版　INK 印刻文學生活雜誌出版有限公司
新北市中和區建一路 249 號 8 樓
電話：02-22281626
傳真：02-22281598
e-mail: ink.book@msa.hinet.net
網　　址　舒讀網 http://www.sudu.cc

法律顧問　漢廷法律事務所
劉大正律師
總 代 理　成陽出版股份有限公司
電話：03-3589000（代表號）
傳真：03-3556521
郵政劃撥　19000691 成陽出版股份有限公司
印　　刷　海王印刷事業股份有限公司

港澳總經銷　泛華發行代理有限公司
地　　址　香港筲箕灣東旺道 3 號星島新聞集團大廈 3 樓
電　　話　852-2798-2220
傳　　真　852-2796-5471
網　　址　www.gccd.com.hk

出版日期　2014 年 6 月 初版
ISBN　978-986-5823-80-1

定價 330 元

國家圖書館出版品預行編目（CIP）資料

丹麥之戀／池元蓮著．-- 初版．-- 新北市：INK
印刻文學, 2014. 05
304 面；15×21 公分．--（文學叢書；402）
ISBN 978-986-5823-80-1（平裝）

857.7　103008525